जनवासा
(नाटक)

जनवासा

रवीन्द्र भारती

राधाकृष्ण प्रकाशन

ISBN : 978-81-7119-983-9

जनवासा

पहला संस्करण : 2005
पहली आवृत्ति : 2023

मूल्य : ₹495

प्रकाशक
राधाकृष्ण प्रकाशन प्राइवेट लिमिटेड
जी-17, जगतपुरी, दिल्ली-110 051
शाखाएँ : अशोक राजपथ, साइंस कॉलेज के सामने, पटना-800 006
पहली मंजिल, दरबारी बिल्डिंग, महात्मा गांधी मार्ग, प्रयागराज-211 001
1, अनमोल सोराबजी संतुक लेन, धोबी तलाव, मरीन लाइंस, मुम्बई-400 002
वेबसाइट : www.radhakrishnaprakashan.com
ई-मेल : info@radhakrishnaprakashan.com

मुद्रक
राजकमल प्रेस
नई दिल्ली-110 032

JANVASA
Play by Ravindra Bharti

थिएटर यूनिट, पटना की प्रस्तुति

सुनील कुमार (रामफल), राजेश राजा (पल्ला), राधा मिश्रा (सिस्टर सुयेटा), राजीव कुमार (मीठू)

राजेश सिन्हा (भूदानी भाई), विनय राज (ईश्वर भाई), सुरुचि वर्मा (भागदेई)

राजेश राजा (पल्ला) और सुनील कुमार (रामफल)

राजीव श्रीवास्तव (रमापति भाई), राजेश सिन्हा (भूदानी भाई), विनय राज (ईश्वर भाई) एवं राधा मिश्रा (सिस्टर सुयेटा)

सुरुचि वर्मा (भागदेई), राजीव कुमार (मीठू), आसीत, अमीत (ग्रामीण)

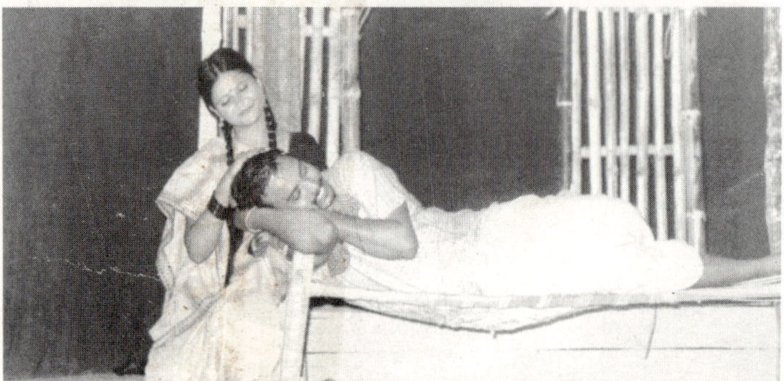

सुरुचि वर्मा (भागदेई), राजेश राजा (पल्ला),

हिमाचल सांस्कृतिक शोध संस्थान नाट्य अकादमी एंव रंगमंडल सत्तोहल, मण्डी (हिमाचल प्रदेश) की प्रस्तुति

भागदेई (दीपिका ठाकुर), रामफल (विकास तिवारी), मीठू (राणा), एंव पल्ला (उपेन्द्र चौहान)

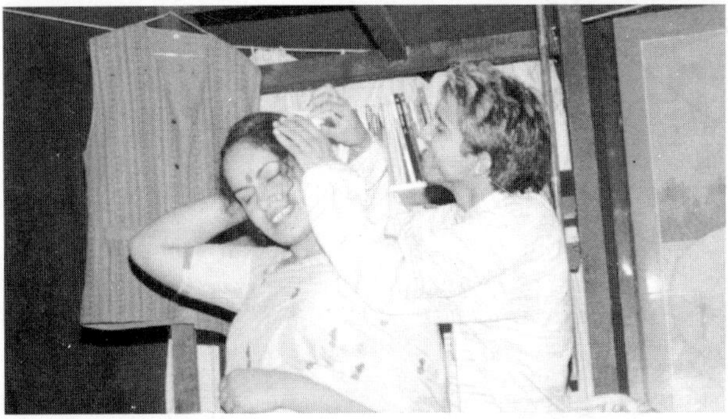

भूदानी भाई (सचिन शर्मा), एवं अम्मा (दक्षा शर्मा)

पल्ला (उपेन्द्र सिंह चौहान) एवं भागदेई (दीपिका)

भूदानी भाई, पल्ला, रामफल एवं भागदेई

एक भावप्रवण दृश्य में भागदेई

सामाजिक कार्यकर्ता (अरविन्द वर्मा, वेद चौहान, राणा)

रंग जगत को अपनी
मेधा से रोशन करनेवाले
भाई देवेन्द्र राज अंकुर को

'जनवासा' की 12 व 13 अगस्त, 2004 को थिएटर यूनिट, पटना द्वारा की गई प्रस्तुति (निर्देशन : राजीव रंजन श्रीवास्तव) में इन कलाकारों ने भाग लिया

मंच पर

भागदेई : सुरुचि वर्मा
पल्ला : राजेश राजा
भूदानी भाई : राजेश कुमार सिन्हा
रामफल : सुनील कुमार
मीठू : राजीव कुमार
सिस्टर सुयेटा/नटी : राधा मिश्रा
ईश्वर भाई : विनय राज
डी. के. : प्रकाश बन्धु
बैंड मास्टर : कुमार भीम
कार्यकर्ता-1 जगरनाथ
पहला आदमी : आशीत कुमार
नट/हीरा डाकिया
चलित्तर महतो/ग्रामीण-1 : रविशंकर
दूसरा आदमी/कार्यकर्ता-1 : अमित राज
खालिदा/कलाकंद/कार्यकर्ता-3 : कुमार संजय
हरिहर/ कार्यकर्ता-4 : कुमार कर्ण
रमापति भाई : राजीव रंजन श्रीवास्तव

मंच पार्श्व

संगीत : राजू मिश्रा, वृजबिहारी मिश्रा, विवेकानन्द मिश्रा
सहयोग : विजय कुमार (वायलिन) कुश (बाँसुरी) मारकण्डेय पांडेय (साईड इफेक्ट्स)

नृत्य संयोजन : ओम प्रकाश
सेट्स/वस्त्र विन्यास : उमेश कुमार शर्मा
सहयोग : प्रेमचंद महतो/प्रमोद कुमार
प्रकाश-परिकल्पना : राकेश रंजन
सहयोग : राज कुमार
ध्वनि : संजय वर्णवाल
रूप सज्जा : विनय राज/रेखा राज
मंच सामग्री : कु. भीम, आशीत, अमित
प्रचार : पंकज करपरने
फोटोग्राफी/विडियोग्राफी : राजीव रंजन लाल 'मधुप्रिया'
कोष-प्रभार : अमित राज/आशीत कुमार/कुमार भीम
मुद्रण : वैष्णवी कम्प्यूटर, संजय बुक बाइंडिंग हाउस
कार्ड/टिकट/पोस्टर/ब्रोसर : प्रकाश बन्धु
पूर्वाभ्यास प्रभारी : कुमार भीम
प्रस्तुति नियंत्रक : राजेश राजा
प्रस्तुति संयोजक : राजेश कुमार सिन्हा
मंच उद्घोषणा : ज्योति सिन्हा
नाटककार : **रवीन्द्र भारती**
परिकल्पना एवं निर्देशन : राजीव रंजन श्रीवास्तव

हिमाचल सांस्कृतिक शोध संस्थान नाट्य अकादमी एवं रंगमंडल सत्तोहल, मंडी (हि.प्र.) द्वारा 18 व 20 जून, 2004 को दी गई प्रस्तुति (निर्देशन : संजय उपाध्याय) के कलाकार

मंच पर

भागदेई : दीपिका ठाकुर
भूदानी : सचिन शर्मा
ताना : ऋषिराज सिंह बैस 'राज'
पल्ला : उपेन्द्र सिंह चौहान
रामफल : विकास तिवारी
मीठू : राकेश राणा 'कांगड़ी'
अम्मा : दक्षा शर्मा
ईश्वर भाई : विशाल भाटिया
डी.के. : शुभदीप राहा
डाकिया : अरविन्द कुमार वर्मा
सिस्टर सुयेटा : दक्षा शर्मा
जगन्नाथ : आयुष्मान कथुरिया
खालिद भाई : ऋषिपाल
रमापति भाई : आयुष्मान कथुरिया
कार्यकर्ता : अरविन्द कुमार वर्मा, वेद कुमार चौहान, विशाल भाटिया, राकेश राणा 'कांगड़ी'
ग्रामीण : वेद कुमार चौहान, अरविन्द कुमार वर्मा, विशाल भाटिया, राकेश राणा 'कांगड़ी'

मंच पार्श्व

प्रस्तुति प्रबंधक :	ग्लैडविन जॉन
सहायक मंच व्यवस्थापक :	ऋषिराज सिंह बैस 'राज'/ऋषिपाल
मंच सज्जा :	ग्लैडविन जॉन
सहायक मंच सज्जा :	ऋषिराज सिंह बैस 'राज'/ऋषिपाल
वस्त्र विन्यास :	शुभदीप राहा/राकेश राणा 'कांगड़ी'/ आयुष्मान कथुरिया
प्रकाश परिकल्पना :	ऋषिपाल
सहायक प्रकाश व्यवस्था :	वेद कुमार चौहान/अरविन्द कुमार वर्मा
रूप सज्जा :	ग्लैडविन जॉन/उपेन्द्र सिंह चौहान/विशाल भाटिया
संगीत परिकल्पना :	श्री संजय उपाध्याय
संगीत संयोजन :	अनिल मिश्रा
लेखक :	**श्री रवीन्द्र भारती**
परिकल्पना एवं निर्देशन :	श्री संजय उपाध्याय
सह-निर्देशन :	अरविन्द कुमार वर्मा
गायक :	अनिल मिश्रा/सीमा शर्मा/अंजना पुरी एवं कोरस (सभी छात्र)
मंच सामग्री :	कुँवर नरेशपाल सिंह चौहान/विकास तिवारी/आयुष्मान कथुरिया
ब्रोशर :	ऋषिराज सिंह 'राज'/ऋषिपाल
प्रचार एवं प्रसार :	कुँवर नरेशपाल सिंह चौहान
विशेष सहयोग :	श्रीमति अंजना पुरी (रंग विदूषक, भोपाल) श्रीमति सीमा, पोइ-तिन (सिंगापुर नाट्य अकादमी)
प्रस्तुति नियन्त्रण :	श्रीमति सीमा शर्मा
विशेष आभार :	श्री सुरेश शर्मा—अध्यक्ष हि.सा.शो. सं. रंगमंडल एवं नाट्य अकादमी—सत्तोहल, मंडी (हिमाचल प्रदेश)

जनवासा

पात्र

भूदानी भाई
पल्ला
ताना
भागदेई
अम्मा
मीठू
रामफल
सिस्टर सुयेटा
ईश्वर भाई
डाकिया
बैंडमास्टर
ग्रामीण, कार्यकर्ता, लड़कियाँ
खालिदा
जगन्नाथ
डी. के.
रमापति भाई

॥ पूर्वरंग ॥

(परदा खुलता है, मद्धिम रोशनी में नट-नटी मंच-पूजा करते दिखाई पड़ते हैं, धीरे-धीरे रोशनी तेज होती है, संगीत उठता है।)

तिन-तिन जोड़ गिरह लगायो
काँपत है परछाईं
आग जिगर का जुगा राखो गुइयाँ
कथा अभी है तताई.......
तरई, चिरई, तिरिया मोरे भीतर
सबद पड़त सुनाई
आग जिगर का जुगा राखो गुइयाँ
कथा अभी है तताई........

(नेपथ्य से किसी स्त्री के सिसकने की आवाज आती है। नट-नटी इधर-उधर देखते हैं। आवाज थम जाती है।)

नट : पड़ोस का रमझल्ला है। पड़ोस का चूल्हा जला कि नहीं, अपन को इससे क्या मतलब ! हम अपना खाना क्यों खराब करें ? छोड़ो पुराना ख्यालात। पड़ोस में रोवना-पीटना पड़ा है, तो पड़ा

है। कोई औरत पिट रही है, तो पिट रही है। तू तो नहीं पिट रही है न ? हो गई बात खत्म। पड़ोसी हो तो माधवन जी और कपूर साहब की तरह। अगल-बगल से कोई मतलब नहीं। उन्हें कल तक नहीं मालूम था कि उनके बगल में कौन रहा है। अम्बिका ठाकुर से जब हमने उनका परिचय कराया तब उन्हें मालूम हुआ कि हम पड़ोसी हैं और तीस साल से एक ही जगह रह रहे हैं। अम्बिका ठाकुर जितने शरीफ, उतने ही माधवन और कपूर साहब भी हैं। सुसंस्कृत हैं सब। ऐसे शिष्टों को कौन नहीं किराएदार रखना चाहेगा !

नटी : इसी को कहते हैं नगर संस्कृति। इस संस्कृति में रहना होगा तो इसी अपरिचित भाव से रहना होगा। नहीं तो मिसफिट।

नट : इतने दर्शक आए भए हैं, तो चल मिलकर ऐसा कुछ राँधते हैं कि जब जो जेंवें तो उन्हें मजा मिले और जो न जेवें, वे सुनकर मजा लें।

नटी : चिरई की जिउ जाय, लड़िका का खिलौना, तुम्हें मजा मिल रहा है !

नट : जान दे दें ?

नटी : मैं जान देने को कह रही हूँ ? महसूस करो, अपने आस-पास को महसूस करो। मनुष्य अपनी संवेदना से पहचाना जाता है।

नटी : अगर तुम्हारी बात पर चलें तो हो गई छुट्टी। एक दिन से वस दो दिन। मालूम हुआ कि बेलल्ला हो गए, कोऊ न रोवनहारा।

नट : बघारने को बघारते हो बड़ी-बड़ी बात। सच जब अकेला पड़ता है तो जाते हो झूठ के साथ। तिरिया को जानो हो ? रहत तो हो तिरिया के साथ !

नट : ऊ का है संस्कृत श्लोक ! हाँ, जत्र स्त्री पूज्यन्ते, तत्र रमन्ते देवता...

नटी : पाँव की जूती नहीं !

नट : मजाक जनि करो। कभी ऐसी बात हमरे मुँह से निकल सकत है भला !

नटी : कुछ लोग बिना मुँह से कुछ कहे, बहुत कुछ कह देते हैं,

ऐसी परिस्थिति क्रियेट कर देते हैं कि सारा दोष किसी और के मत्थे चला जाता है।

नट : और मारी जाती है स्त्री। यही न कहना चाहती हो !

नटी : व्यंग्य मत करो, तिरिया होना नहीं है आसान। घर में दो दिन तिरिया होकर रहोगे, तब बुझाएगा कितने चावल में कितने धान।

नट : कौन तिरिया !

नटी : जिस तिरिया की बात मैं कर रही हूँ, उसे समझ रहे हो तुम।

नट : समझा बहुरा गोढ़िन। पूरा तिरिया चरित्तर। सोलहों कला में पिंगल।

नटी : *(बीच में)* बस, बस...बहुरा गोढ़िन का किस्सा बाद में।

नट : तो तुम्हीं बताओ, का भागदेई का किस्सा सुनावें ?

नटी : भागदेई कौन ?

नट : पल्ला की बहन, भूदानी भाई, ताना, रामफल, मीठू...जहाँ रहत हैं। अब आगे न पूछना, न टोकना। जो दिखावें सो देखना, जो सुनाएँ सो सुनना।

नटी : हमारे समझने से क्या होगा ? ये जो आइन हैं, इन्हें न समझाओ।

नटी : तो समझाओ।

नट : न, न, दिखाओ।

नटी : ठीक है, ठीक है। अब देर मत करो। यह देखनहार लोग, रसज्ञ लोग आए भए हैं। खेला शुरू करो।

नट : तो शुरू करो।

नटी : शुरू करो।

नट : हाँ, हुई न यह बात।

(नट-नटी दोनों युगल स्वर में गाते हैं।)

तरई, चिरई, तिरिया मोर भीतर
सबद पड़त सुनाई
आग जिगर का जुगा राखो गोइयाँ
कथा अभी है तताई......................

(धीरे-धीरे रोशनी विलुप्त होती है।)

अध्याय : 1

दृश्य : 1

(रोशनी आती है। एक चबूतरा दीखता है जिस पर ढेर सारे कागज के रथ और मउर रखे हुए हैं। कुछ बाँस की डंडी में टँगे हुए हैं। पास में बैठी भागदेई रथ में फुलना लगा रही है और उसकी सहेली कलपी कैंची से रंगीन कागज काट रही है। चबूतरे से सटा है भागदेई के घर का दरवाजा। दरवाजे पर चट का परदा झूल रहा है। किसी बात पर भागदेई और कलपी हँस रही हैं कि इसी बीच भूदानी भाई और उनके साथ ईश्वर भाई आते हैं। हँसी थम जाती है, कलपी घर के अन्दर चली जाती है। भागदेई भूदानी भाई को प्रणाम करती है और स्टूल पर बैठने के लिए इशारा करती है। दोनों बैठते हैं।)

भूदानी भाई : तू कैसी है भागदेई ? दुकान चल रही है न ठीक-ठाक ?

भागदेई : टुकधुम-टुकधुम।

भूदानी भाई : हाँ, पहलेवाली बात कहाँ रही। भाव कहाँ है ? जब भाव नहीं तो आस्था कहाँ और जब आस्था नहीं तो भक्ति कहाँ ? भक्ति रहेगी जिसके पास, वही न समझेगा रथ का महातम... दिन-पर-दिन भगत लोग कम होते जा रहे हैं। लगन के सीजन में मउर जितने बिकते होंगे, हमारे ख्याल से साल भर में उतने रथ नहीं बिकते होंगे। है न ?

भागदेई : सो तो है।

भूदानी भाई : खैर...पल्ला कहाँ है ?

भागदेई : भइया कहीं निकसा है।

भूदानी भाई : अरे, हाँ इनका परिचय कराना भूल ही गया। ये हैं ईश्वर भाई। इनका बड़ा एन.जी.ओ. है। बहुत काम कर रहे हैं। दिल्ली में रहते हैं। एक्सपोर्ट-इम्पोर्ट का भी अपना बिजनेस है। हमारे भूदान के साथी सरजू भाई के लड़के हैं। विद्वान के साथ-साथ बड़े साबिकावाले लोगों में आप हैं।

भागदेई : इपोट, उपोट का होत है ?

ईश्वर भाई : एक्सपोर्ट, इम्पोर्ट...नो लोट-पोट।

भूदानी भाई : हुआ, हुआ। अभी इनके बीच जन-जागृति का बहुत काम करना है। कुछ दिनों पूर्व आयरलैंड के पैट्रिक नोलन आई थीं। दक्षिण भारत के किसी एन.जी.ओ. ने उन्हें बुलाया था। पारस भाई ने मिलवाया हमें। अहोभाग्य ! उन्हें ग्रामीण क्षेत्र में घुमाने का मुझे अवसर मिला। उन्हें जब मैंने लोक संस्कृति का अनुपम उपहार रथ और मउर भेंट किया तो वे चमत्कृत रह गईं। उन्होंने कहा भारत की लोक संस्कृति दुनिया में सबसे ज्यादा सम्पन्न है। पल्ला और भागदेई का उन्होंने इन्टरव्यू लिया। फोटोग्राफ भी लिया। याद है न—भागदेई ?

भागदेई : फोटो मढ़वाकर भइया के घर में लटकाया है।

ईश्वर भाई : महीने में कितने रथ-मउर बना लेती हो ?

भागदेई : कोनो ठीक नहीं है।

भूदानी भाई : यूँ समझिए कोई खाली हाथ नहीं लौटता।

ईश्वर भाई : भेरी गुड, भेरी गुड।

भूदानी भाई : लोक संस्कृति, लोक गाथाओं में रथ-मउर की बड़ी महिमा है। इस धरोहर को अक्षुण्ण रखने की जरूरत है। इन्हीं से

जन्मी हैं लोक गाथाएँ और जन्में हैं हजारों लोकगीत।

ईश्वर भाई : यानी यह काम की चीज है !

भूदानी भाई : यह तो समझने पर है।

ईश्वर भाई : *(भागदेई से मुखातिब होकर)* यानी दोनों पूजनीय हैं, रथ भी, मउर भी।

भूदानी भाई : क्यों भागदेई ?

भागदेई : भगवान रथ पर बइठ के भक्त जन की बिनती सुनत हैं। रथ यानी झाँपा, झाँपी यानी गहवर। इसका भी एक किस्सा है। ज्योति पंजियार का किस्सा। ज्योति पंजियार को एक दिन अकासबानी सुनाई पड़ी। धर्मराज की अकासबानी, कहा—बाँस की किरची से कागद की दीवाल खड़ा करना। धरम का गहवर बनाना, पूजा करना, हम दरसन देंगे। पंजियार ने कहा—हम दुसाधिन का दूध पीये हैं, हम जात नापाक हैं। धरमराज बोला—दूध कहीं होता है नापाक ? यह बोलकर धरमराज मुलगैन हो गया। पंजियार भगत का नाम उजागिर हो गया चहुँओर। होने लगा जै-जैकार। कहा कहते हैं कि भगतई में कुछ चूक हो गई। कोढ़ फूट गया। जिस पंजियार का गोड़ छूने के लिए इतनी भीड़ जुटती थी देखकर लोग भागने लगे। आदमी तो आदमी गाछ-बिरिछ ने भी साथ छोड़ दिया। तालाब के पास पंजियार गया तो तालाब सूख गया। गाछ की छाया में गया तो गाछ सूख गया। पंजियार व्याकुल हो गया। अन्त में कदली बन गया। वहाँ पहुँचा तो कोयल मिली। कोयल से उसने कहा—हमें पानी पियावा। पियास से जान जा रही है। कोयल ने पूछा—पानी कहाँ मिलेगा यहाँ ? पंजियार जवाब दिया कि जहाँ गाय है वहाँ जाकर देखो, पानी मिल जाएगा। इतना कहना था कि गायवार पानी लेकर सामने हाजिर। पंजियार को उसने पानी पिलाया। पंजियार ने पूछा—अहाँ के छी ? केकर गाय छय ? गायवार बोला—छोड़ू इ सब। सबेर से शाम तक पानी पियावै छी। तुमको भूख लगी है ? पंजियार ने कहा—हाँ, गायवार तब बोला—अछिमतपुर यहाँ से नजदीक है। वहाँ का राजा बड़ा दयालु है, जाओ वहाँ, भूख-प्यास सब मिट जाएगी। वह बाँस

की किरची से कागद की दीवाल से गहवर बनाया है। उसकी पूजा करता है। इतना कहना था कि गायवार भौंरा का रूप धरकर उड़ गया और उड़ते-उड़ते इसी कागज के रथ में घुस गया। लोग बताते हैं कि वह कोई और नहीं धर्मराज था।

भूदानी भाई : *(बीच में)* मुकुट है मउर। मुकुट। राजा-महाराजा, देवी-देवता के अलावा मजाल था कि कोई मुकुट धारण कर ले ! गरदन उतार ली जाती थी। समाज के साधारण जन को इजाजत न थी। टोपी पहनने तक की नहीं। सिर से टोपी उतरवा ली जाती थी। टोपी माने इज्जत। पता नहीं कौन वह व्यक्ति था जिसने यह आन, बान, शान सर्वसाधारण को सुलभ बनाया। वह भी डंके की चोट पर। इसे क्रान्ति कहिए। साधारण-से-साधारण आदमी सिर पर मउर पहन बाजा बजवाते ब्याह रचाने के लिए जाने लगा सजाकर बारात। राजा-महाराजा, देवी-देवता सब खुश। अन्दर से न सही, बाहर से ही, मगर खुश। बड़ा क्रान्तिकारी था वह व्यक्ति जिसने जन साधारण के माथे पर मउर रखने की परम्परा चलाई। इसे मैं धर्म-क्रान्ति कहूँगा। मउर यानी मुकुट। गृहपति बनने का मुकुट। गृहस्थ राजा हुए आज से आप। यानी अपनी गृहस्थी के राजा। संसारी बनने का मुकुट। जीवन में सिर्फ एक दिन। यह एक दिनी मउर-माथे का सुशोभन-ताउम्र स्मृतियों में यौवन बनकर झिलमिलाता रहता है। बिना मउर के ब्याह कहाँ ?

भागदेई : हाँ, बिना सिन्धोरा और मउर के होत नाहीं बियाह।

भूदानी भाई : मदरासी लोग तो अँगूठी, आंटा, इमली सामने रख रचा लेते हैं ब्याह।

ईश्वर भाई : ...मउर तो समझ गया। एकचुअल में रथ की उपयोगिता क्या है ?

भागदेई : देवी-डिवहार के थान पर चढ़ाया जाता है।

भूदानी भाई : भगवान का रथ है। यह भी समझ गए।

भागदेई : इसी रथ पर आइके भगवान बइठत हैं। यह भी समझ गए ?

ईश्वर भाई : समझ गया।

भूदानी भाई : हाँ, इसी रथ में बैठकर भगवान प्रार्थना सुनते हैं। यह भी

समझ गए।

ईश्वर भाई : भगवान को देखा है बैठे हुए ?

भूदानी भाई : उन्हें देखनेवाली आँख में जोत जो होती है, उसका अलग ही पावर होता है। कम पावरवाली जोत के आदमी हैं—हम सब। इसलिए हम सन्तोषजनक उत्तर नहीं दे सकते।

भागदेई : अलग-अलग रूप में भगवान आवत हैं।

ईश्वर भाई : कैसे समझती हो ?

भागदेई : अब चिरई रथ पर आय के बैठी, तो समझो भगवान चिरई बनके आए भए हैं।

ईश्वर भाई : अगर तितली बैठी तो ?

भूदानी भाई : तो समझो ऊ तितली होय गए।

ईश्वर भाई : मतलब यह कि...भगवान किसी भी रूप में आ सकते हैं।

भागदेई : आपन काया अन्ते* छोड़ के, दूसरे की काया में समाय जात हैं। कभी चिरई की काया में कभी चींटी की काया में...

ईश्वर भाई : उनकी काया अन्ते कहाँ रहती है ?

भागदेई : आसमान में।

भूदानी भाई : तारों के बीच। तारे ही करते हैं भगवान की काया की रखवाली।

ईश्वर भाई : वाह, बहुत खूब। हाँ, इस तरह, इसी तरह हम इन आइटमों को इन्ट्रोड्यूस करेंगे, फॉरन कन्ट्री में इसका इतना डिमांड होगा कि हम पूरा न कर पाएँगे। लोक संस्कृति, फोक, धरोहर...वाह...वाह...। यह तो एक तरह से कहिए गांधी का ही काम है।

भूदानी भाई : लोक संस्कृति को बढ़ावा देना ही लोक सेवा है। लोक सेवा तो गांधी का ही काम माना जाएगा।

ईश्वर भाई : हाँ, लोक सेवा। रथ यानी भिलेज कन्दील। कैसा नाम है ?

भूदानी भाई : नाम तो ठीक है लेकिन...

ईश्वर भाई : लेकिन क्या ?

भूदानी भाई : ईश्वर के रथ को दीवाली का खिलौना बनाना, किसी भी तरह से ठीक नहीं।

ईश्वर भाई : खिलौना कहाँ बना रहे हैं, हम तो भगवान की सवारी को

---

* अन्ते—अन्य जगह, अनडिफाइंड जगह।

रोशन कर रहे हैं। लोग रथ में दीया जलाकर जब अपने घर के मुँडेर पर टाँगेंगे तो कितना सुन्दर लगेगा घर। अँधेरा दूर होगा। ईश्वर दीया बनकर बैठेगा रथ में।

भागदेई : भगवान दीया के रूप में अइहैं कि तितली के रूप में, ई तय करेवाला हम कौन हैं ?

भूदानी भाई : वैसे भी रथ में दीया रखने की इजाजत लोक शास्त्र नहीं देता। भागदेई जाकर पल्ला को देखो कि कहाँ है। दरवाजे पर ईश्वर भाई आए हैं, वह गायब है।

(भागदेई पल्ला को बुलाने जाती है।)

ईश्वर भाई : दीया क्या लक्ष्मी का रूप नहीं है ?

भूदानी भाई : लक्ष्मी हैं, माँ। उन्हीं का हम ध्यान करते हैं। प्रार्थना करते हैं जगत कल्याणार्थ।

सर्वे भवन्तु सुखिनः सर्वे सन्तु निरामयाः।
सर्वे भद्राणि पश्यन्तु मा कश्चिद् दुःखभाग भवेत॥
ॐ शान्तिः शान्तिः शान्तिः

ईश्वर भाई : सबके लिए सुख की कामना, उत्तम, अति उत्तम। मगर भूदानी भाई दिवाली का पहला दीया घूरे पर रखा जाता है। मैं तो सिर्फ आपकी लक्ष्मी को उस घूरे से उठाकर रथ पर बिठाना चाहता हूँ। इसमें लोक शास्त्र को तो आपत्ति नहीं होनी चाहिए। हमसे कोई तर्क करे। मैं बहस करने को तैयार हूँ।

भूदानी भाई : ईश्वर भाई कुछ चीजें तर्क के परे होती हैं, लोक आस्थाएँ उनमें से एक हैं।

ईश्वर भाई : लोक आस्थाएँ...ठीक बात। हम नई आस्था तो पैदा कर ही सकते हैं। अब सन्तोषी माँ को ही लीजिए। यह हाल-फिलहाल की देवी हैं। बिलकुल न्यू...मार्डन। सुना है किसी चने के व्यापारी की खोज हैं। खैर, जो हो, भूदानी भाई हम बिना लोक आस्था को चोट पहुँचाए रथ में लक्ष्मी का आसन लगावेंगे। विधि-विधान से पूजा होगी। प्रसाद आपको...

भूदानी भाई : तो फिर बनाइए प्रोजेक्ट।

ईश्वर भाई : यह टीम वर्क होगा।

भूदानी भाई : सर्वे भी करना होगा।

ईश्वर भाई : अब क्या करना है क्या नहीं, यह चिन्ता हमारी है। भूदानी भाई बस आप काजू धीरे से फोड़िए, मुँह में डालिए और नामू, नामू कीजिए।

भूदानी भाई : हरि ॐ

ईश्वर भाई : हम पर आपको विश्वास है ?

भूदानी भाई : पूरा विश्वास है। सोलहो आना। यह तो लोक संस्कृति का कार्य है। हमारा कार्य।

ईश्वर भाई : गांधी का नहीं ?

भूदानी भाई : हाँ...गांधी का भी। पल्ला आता है तो उससे बात करता हूँ। कलेक्शन सेंटर मउर और रथ का यहीं रहेगा। पूरे इलाके में मउर-रथ बनाने का काम चलेगा। पल्ला इसके लिए कारगर साबित होगा। वही होगा संयोजक। भागदेई सहयोगिनी होगी। दोनों रथ-मउर के बेजोड़ कलाकार हैं और समझदार भी हैं...

ईश्वर भाई : सब कुछ आप देखेंगे। जिसे आप उचित समझें उसे इस कार्यक्रम से जोड़ें। सलाहकार और अभिभावक दोनों तो आप ही हैं।

भूदानी भाई : यह बड़ा काम है। दौड़-धूप का काम मुझसे नहीं होगा। उम्र हो चली है ईश्वर भाई। माथे पर यूँ भी पचासों कार्य हैं। भूदान के कार्य में आज भी लगा हूँ जबकि उस आन्दोलन को खत्म हुए ज़माना बीता। क्या कहते हैं कि साधु ने कम्बल को छोड़ दिया लेकिन कम्बल साधु को नहीं छोड़ रहा है।

ईश्वर भाई : हम तो कम्बल ही न हुए आपके।

भूदानी भाई : अरे, नहीं, नहीं...लगता है पल्ला को खोजने भागदेई बाजार में चली गई। चलें प्रार्थना का समय हो रहा है।

ईश्वर भाई : जैसा उचित समझें।

(भूदानी भाई उठते हैं साथ-साथ ईश्वर भाई भी कि दृश्य लुप्त हो जाता है।)

दृश्य : 2

(भूदानी भाई के आश्रम का दृश्य। एक छोटे से हॉल में कुछ लोग चरखा चला रहे हैं। यानी चरखे पर सूत कात रहे हैं। रोशनी आती है। नेपथ्य से संगीत उठता है।)

चरखा चले, चरखा चले
रात की रानी, जूही, चमेली, भर-भर
अंचरा फूल खिले
चरखा चले.........
सुख ऐसे काती
दुख ऐसे काती
गावत सकारे पराती
मति मोरी माती
गति मोरी माती
चरखा चले.........

(भूदानी भाई आते हैं। संगीत थम जाता है। वे अलग बिछे कालीन पर गावतकिया को पीछे लगाकर बैठ जाते हैं। उनके बैठते ही चरखा कातनेवाले सभी जन अपनी जगह-से उठकर आते हैं और उनके सामने करीने से बैठ जाते हैं। सभी भूदानी भाई को 'जय जगत' बोलते हैं।)

भूदानी भाई : 'जय जगत'...थोड़ी देर हो गई, क्षमा करेंगे। एक भाई दिल्ली से आए थे। उन्हें पड़ाव पर छोड़ने गया था। क्षमा ! कल आप लोगों का सूत देखेंगे। 'गांधी प्रसंग' का पाठ अभी होगा फिर सभी लोग श्रमदान के लिए चलेंगे। बाँधवाला कार्य आज सम्पन्न कर देना है। हाँ, खालिदा कल जहाँ अर्जुन ने समाप्त किया था, उससे आगे का शुरू करो पाठ।

(खालिदा को पीछे से कोई भाई किताब बढ़ाते हैं, वह मुड़े हुए पेज को देखती है और शुरू हो जाती है।)

खालिदा : माउंटबेटन से पहली ही भेंट में गांधी ने अहिंसा पर चर्चा

की। उन्होंने कहा अहिंसा को बहुत अनुशासित होना चाहिए क्योंकि हिंसा के विरुद्ध अहिंसक बने रहना कठिन साधना है। अगर आप सेना के लोगों को मार डालने की आज्ञा दें, तो वह मार डालेगी। व्यवस्था, शान्ति बनाए रखने की कोशिश भी करेगी। लोगों को मारने का फैसला आप नहीं करते, वह सरकारें करती हैं जिनकी आप नौकरी करते हैं। मैं ऐसी नौकरी कभी नहीं कर सकता जिसमें मुझे एक आदमी को सिर्फ इसलिए मारना पड़े क्योंकि मुझे हुक्म दिया गया है। मैं तो न करूँ।

भूदानी भाई : आगे तुम पढ़ो जगरनाथ।

जगरनाथ : जब भारत आजाद हुआ तो कांग्रेस पार्टी ने अपना पहला गवर्नर जनरल माउंटबेटन को बनाने का फैसला किया। गांधी ने बधाई देते हुए माउंटबेटन से कहा—मैं खुश हूँ कि कांग्रेस पार्टी ने आपको राज-प्रमुख बनाया है। आपको सबके लिए मिसाल रखनी होगी। हमारा देश गरीब है। अंग्रेजों ने काफी शान-शौकत से राज किया है। अगर आप राजप्रमुख बनेंगे तो काफी विनीत होना होगा। मेरी तरह सबके लिए सुलभ होना होगा। अपने परिवार के साथ छोटे घर में रहना होगा। इस पर माउंटबेटन ने कहा—उस शानदार घर का क्या होगा जिसको बनाने में इतना रुपया खर्च हुआ है ?

भूदानी भाई : *(बीच में)* यह उसी घर की बात हो रही है, जो आज राष्ट्रपति भवन है।

जगरनाथ : गांधी ने छूटते कहा—उसमें अस्पताल खोला जाएगा।

खालिदा : अस्पताल का क्या हुआ भूदानी भाई ?

(रास्ते से जाता हुआ ताना यह सुनकर ठमकता है फिर भूदानी भाई की तरफ मुड़ता है।)

ताना : शहद लगाकर चाट गए सब। भूदानी भाई अब तुम गांधी को शहद लगाकर चाटते रहो। नहीं चाटोगे तो चाटने को कहाँ से मिलेगा पपीता, शहद, दूध, दही...अनुदान लेने के लिए यह प्रपंच जरूरी है।

भूदानी भाई : आओ, बैठो ताना। इतना तामस भाव अच्छा नहीं।

(भूदानी भाई छात्रों को श्रमदान के लिए जाने को कहते हैं। लोग उठकर चले जाते हैं।)

ताना : श्रमदान के लिए भेज दिया। इन भोले-भाले लोगों को क्यों कमजोर बना रहे हो अपनी तरह। तुम गौशाला की बूढ़ी गाय हो। अगर पाँच साल तुम्हारे संगत में ये लोग रह गए तो निश्चय ही ये आलसी, कर्महीन और चन्दाखोर बन जाएँगे। दया के पात्र हो जाएँगे और हो जाएँगे धुर।

भूदानी भाई : हम उन्हें कमजोर नहीं, सबल बना रहे हैं। साहसी और सक्रिय।

ताना : नहीं, उन्हें तुम रणछोड़ बना रहे हो। भगोड़ा बना रहे हो।

भूदानी भाई : देखो ताना, तुम जिस आवेश में अपनी प्रतिक्रिया व्यक्त करते हो, हो सकता है तुम्हारी बातों में कुछ सच्चाई हो लेकिन सामनेवाला एकदम गलत रूट पर है, यह अधिकारपूर्वक कैसे कह सकते हो ? हर आदमी के काम करने का अपना तरीका है। तुम कैसे उम्मीद करते हो कि हम बन्दूक की भाषा में बात करेंगे !

ताना : हम तुम जैसे मठाधीशों से क्यों ऐसी उम्मीद करने लगे कि तुम अन्याय के खिलाफ हथियार उठा लोगे !

(एक आदमी दलिया लेकर आता है। भूदानी भाई एक कटोरी ताना की ओर बढ़ाते हैं, एक अपने सामने रखते हैं।)

भूदानी भाई : हम क्या हैं, वह हमें मालूम है ताना। कम-से-कम मुझे अपने को लेकर कोई मुगालता नहीं है।

ताना : भूदानी भाई, तुम्हें गुस्सा क्यों नहीं आता ? आएगा भी कैसे, कुछ कचोटेगा तब तो !

भूदानी भाई : कुछ कचोटता नहीं तो भूदान में जीवनदान क्यों करता !

ताना : हश्र क्या हुआ ?

भूदानी भाई : हम फेल कर गए। फिर कोशिश कर रहे हैं।

ताना : कैसी कोशिश ?

भूदानी भाई : लोगों को आत्मनिर्भर बनाने की। भीतर के सत्य को जगाने की।

ताना : जो निठल्ले हैं, जो दूसरों के श्रम पर हुकूमत कर रहे हैं,

उन्हें बेपर्द करने की कोशिश नहीं बल्कि उनके कुकर्म पर परदा डालने की कोशिश कर रहे हो तुम। असल में एक तरह से तुम इस व्यवस्था के एजेंट हो। ऐसा एजेंट जो जनता में व्यवस्था के विरुद्ध आक्रोश नहीं बनने देता।

(भूदानी भाई ठठाकर हँसते हैं।)

भूदानी भाई : दलिया खाओ।

(भूदानी भाई दलिया खाने के लिए पहले आँख बन्दकर श्लोक पढ़ते हैं)

ॐ सह नाववतु। सह नौ भुनक्तु
सह वीर्यम् करवावहै।
तेजस्वि नावधीतमस्तु, मा विद्विषावहै॥
ॐ शान्तिः शान्तिः शान्तिः

(दलिया को प्रणाम कर फिर भूदानी भाई खाते हैं, ताना हँसता है।)

भूदानी भाई : तुम हँस क्यों रहे हो ? मन्त्र में कोई भूल हो गई ?

ताना : नहीं।

भूदानी भाई : फिर ?

ताना : जब तुम आँख बन्दकर मन्त्र पाठ कर रहे थे, मैंने देखा कि तुम्हारी कटोरी में चींटियाँ लगी हैं। और तुमने उसे देखा नहीं। बस गटक गए। ऐसे ही तुम समय को गटक रहे हो। उस समय को जिसमें लगी हैं चींटियाँ।

भूदानी भाई : हमारे समय में चींटियाँ लगी हैं और तुम्हारे समय में ताना ?

ताना : उसके बारे में मैं कैसे कह सकता हूँ ?

भूदानी भाई : क्यों ? तुम क्यों नहीं कह सकते ?

ताना : नहीं जानता।

भूदानी भाई : तुमने जानने की कोशिश नहीं की। जानोगे कैसे ?

ताना : यह तुम कैसे कह सकते हो ?

भूदानी भाई : जैसे तुम कह सकते हो।

ताना : नहीं, ऐसा नहीं। हमारे कहने में कोई फाँक नहीं है, तुम्हारे

कहने में है। तुम सुबह उठकर चींटियों को आटा खिलाते हो और कबूतरों को दाना। बिला नागा गाय के खुर पर दूब-अक्षत रखकर अपने दोनों कान को छूते हो। मुँह खुलता है तो वेदमन्त्र और गांधी का वचन निकलता है, लेकिन भीतर से तुम निर्दयी हो। कठोर, जिद्दी और पल्ले दरजे के कंजूस। तुम किसी से प्रेम नहीं करते। कर ही नहीं सकते। तुम एक स्वार्थी, अवसरवादी इंसान हो, तुम अपने स्वार्थ के लिए कुछ भी कर सकते हो। गांधी तो एक मुखौटा है, जिसे तुम लोग पहनकर गांधीवादी होने का अभिनय कर रहे हो।

भूदानी भाई : और तुम लोग ? खुद अपने गिरहबान में झाँककर देखो तो सही। अपने मुँह मियाँ मिट्ठू बनने से काम नहीं चलेगा। प्रचारवादी हो तुम और गिरोहवादी भी। विचारधारा की बात करते हो तुम ? गिनना शुरू करूँगा तो तुम्हारे पैर के नीचे की ज़मीन खिसक जाएगी। सम्पत्ति अर्जित करो, मजदूरों से टैक्स वसूलो, लेवी लो, संगठन का बिल्ला बाँह पर लगाकर बाहुबलियों की फौज खड़ा करो। सम्पत्ति बचाओ। जहाँ भी तुम्हारा संगठन मजबूत है वहाँ मजाल है कि बिना मोटी रकम दिए बित्ता भर जमीन कोई घेर ले। कोई चला ले दुकान बिना दुर्गापूजा का चन्दा दिए। और वह चन्दा पचास-सौ रुपए का नहीं होता, यह तो तुम भी समझते हो। औरतखोर भी उतने ही हो।

ताना : बस, अब एक लफ्ज़ नहीं।

भूदानी भाई : मैं तुम्हें नहीं कह रहा हूँ मेरा इशारा तुम्हारे साथियों की तरफ था। वह भी सभी साथियों की तरफ नहीं। कहते हैं न कि एक सड़ी मछली पूरे तालाब को गन्दा कर देती है।

ताना : साथियों का नाम बताओ। जरा हम भी तो जानें कि हम कहाँ हैं ?

भूदानी भाई : सोए हुए को जगाया जाता है। जगे हुए को नहीं। तुम सब जानते हो। व्यक्तिगत तौर पर तुम एक ईमानदार, निष्ठावान, जनदरदी इंसान हो। पढ़े-लिखे हो लेकिन तुम जिस काफ़िले के साथ हो—वहाँ भी लोग विचारों का मुखौटा पहने एक-से-एक खेल कर रहे हैं।

ताना : तुम पेटू, भत्ताखोर लोगों से हमारे साथियों का मिलान मत करो। तुम्हारे पास कोई काम नहीं है सिर्फ इसके सिवाय कि किस औरत के पेट में कितने महीने का बच्चा है और कौन कितनी बार टट्टी गया। निरर्थक, बकवास करनेवाले लोग हो तुम। बस बैठकर अपनी गद्दी पर दूसरे की कमियों को गिनते रहो रामहि राम एक, रामहि राम दू, रामहि राम तीन...

(बाहर से अम्मा आती हैं। ताना चुप हो जाता है।)

अम्मा : सेमिनार कैसा रहा ताना ?

ताना : ठीक-ठाक। आप तो आईं नहीं। हमने किसी विश्वविद्यालयी प्राध्यापक को नहीं बुलाया था। हमारे वक्ता थे गाँवों में रहनेवाले गृहस्थ कबीरपन्थी। उन्हें सुनना अपने आप में एक नया अनुभव था। उनकी दृष्टि में कबीर फूल जैसे खिल गए।

अम्मा : मैं मिस कर गई। मुझे याद ही नहीं रहा। कामगार महिलाओं की पंचायत में व्यस्त थी। तीन दिनों के बाद आ रही हूँ। तुम क्या लोगे ?

ताना : भूदानी भाई ने इतना खिला दिया है कि पानी की भी जगह नहीं बची।

अम्मा : पानी की जगह बचाकर रखो। पानी जरूरी चीज है।

ताना : आप लोग पानी बचने दें तब तो ! वैसे हम लोग इन दिनों पानी पर काम कर रहे हैं।

(अम्मा हँसती है। भूदानी भाई पानी का गिलास लेकर ताना के पास जाते हैं।)

भूदानी भाई : लो पानी पियो।

ताना : एक-से-एक लोगों को तुमने पानी पिला दिया मेरी क्या बिसात ! *(ताना पानी पीता है। अम्मा घर के अन्दर जाती हैं।)*

(धीरे-धीरे दृश्य लोप हो जाता है।)

दृश्य : 3

(पल्ला के घर का दृश्य। आँगन में एक खाट पड़ी हुई है। अलाव जल रहा है। पल्ला और रामफल अलाव ताप रहे हैं। पहले से उनकी वार्तालाप चल रही है। रोशनी आती है। रामफल बीड़ी सुलगाकर पल्ला को देता है।)

रामफल : बड़ा धोखा हो गवा पल्ला...

पल्ला : हम तो कहत रहे बम्मई चलो वहीं से कोनो रास्ता निकलेगा। कैसे उस्मान, जलील, रामलाल पांडे अरब चले गए। का कोनों यहाँ का आदमी भेजा था ?

रामफल : अरब नहीं, दुबई कहो।

पल्ला : दुबई सही, गड्डी का गड्डी रुपया भेज रहे हैं सब। ट्रैक्टर हो गया, खेत पर खेत बैनामा लिखवा रहे हैं—घरवाले। पक्का पिटा गया। और बैंकों में है लाख, कई लाख। सुदही पर रुपया अलग चलत है।

रामफल : लाख नहीं लुआठ। जानत हो कि कितना जोड़ लाख होत है ?

पल्ला : बड़ा रुपया लागत है लाख में। कौन नहीं जानता।

रामफल : ई कहो दिन बहुरि गवा।

पल्ला : दादा न भइया, सबसे बड़ा रुपइया।

रामफल : तब भूदानी भाई के फेरा में क्यों पड़ा है ! उसके पास क्या है। चरखा चलाओ और गांधी बानी सुनो। श्रमदान, प्रार्थना करते गाँव-गाँव घूमते बूढ़े हो जाओ, माथा दर्द करे तो एक ठू गोली का जेब से पइसा न निकसे।

पल्ला : दो ठू रुपया लो तो वाउचर बनावे का बोलेगा।

रामफल : तब तक मालूम हुआ जय सियाराम हो गए।

पल्ला : नेम है हर चीज का। हाँ, तब कहो पइसा वहाँ नहीं है।

रामफल : जब पइसा नहीं है तो बात से पेट भरेगा ?

पल्ला : तू नहीं न समझेगा। भले पइसा भूदानी भाई के पास न हो लेकिन जोंक है भूदानी भाई। वह जानता है कहाँ सटना है और कहाँ नहीं। भर हींक खून टानकर ही अलग होता है। पूरा जोंक है, जोंक...

रामफल : काहे नहीं समझूँगा।

पल्ला : परोजेकेट, असकीम...बोल का समझा ?

रामफल : ई का है ?

पल्ला : दूसरे मुलुक से उसी से पइसा आवत है।

रामफल : ओ, असकीम...असकीम खाँ न बोल। परोजेकेट वह तो ईसाई होगा। नाम से जाति बुझा जाता है।

पल्ला : परोजेकेट, असकीम आदमी नहीं है।

रामफल : मसीन होगा। समझ गए। आजकल मसीन चला है। आदमी जो-जो कर सकत है, मसीनो वही कर सकत है। मसीन तो वही का बात मानेगी जो उसको चलावे जानत है। तू जानता है ?

पल्ला : भूदानी भाई सब जानते हैं। साथ में रहेगा तब न कुछ मिलेगा।

रामफल : हम तो कह रहे हैं गोपाल मामा के पास चल...

पल्ला : ऊ कहाँ है ?

रामफल : भारत सर्कस में टनटन भाजा बेचत है। पेटी कन्ट्रेक्टर है। उसी का हाथ-गोड़ जोड़कर सर्कस में ढुक जाना है। एक बार सर्कस के तम्बू में घुस गए तो फिर का !...एक-से-एक मेम, देखो, देखो एक-से-एक खेल...और पइसा ऊपर से...

पल्ला : तो अब इस उमर में तू तमासा दिखावेगा ? पागल साला।

रामफल : अभी उमर का है ? जब छोटा रहे तो मजूरी करे को पड़ा। का वह मजूरी करे की उमर रही ?

पल्ला : छोड़ यह सब। कोनो दूसर बात कर।

रामफल : ऊ जवन किस्सा वह दिन सुनावत रहे...चम्पा का किस्सा...चम्पा कितनी बहिन रही ?

पल्ला : चम्पा ! सात बहिन।

एक बहिन का दूल्हा बौराया
दूजे का भया मलंग
तीजे प्रेम में जोगन हो बैठी
चौथी भई तुरंग
पाँचवी पिंजरे की तोती बन बैठी

छठी बनी मृदंग
सातवीं का हाल जनि पूछो
वह है मेरे संग...

(भागदेई आती है लालटेन लेकर। लालटेन खम्भे में टाँग देती है और अलाव के पास बैठ जाती है।)

भागदेई : और भाई रहे—सोमनाथ, मंगलनाथ, बुधनाथ, बृहस्पतिनाथ, क्यों भाई ?

पल्ला : शुक्रनाथ, शनिनाथ और एक भाई का नाम था रविनाथ। यही रविनाथ की जगह पल्लानाथ नहीं लिखाया। हम रहि गए पल्ला के पल्ला। पल्ला माने जानत हो का होता है ?

रामफल : का होत है ?

पल्ला : दरवाजा। जो अन्दर-बाहर आवत-जात लोग को टुकुर-टुकुर देखत है। न कहीं आय सकत है—न जाय सकत, आधा देह बाहर, आधा भीतर। बस घर से बँधा रहत है...

(रामफल धीरे से उठकर चला जाता है। पल्ला खाट पर आकर लेटता है। भागदेई नीचे बैठकर पल्ला का सिर दबाती है।)

भागदेई : कल भूदानी भाई के साथ डिल्ली का कोनो बड़ा आदमी आवा रहा। कहत रहा मउर और रथ बनावे का काम हम लोग को देगा। इतना काम देगा कि पचासों कारीगर वहमाँ लगिहैं।

पल्ला : इतना रथ मउर का करेगा वह ?

भागदेई : व्यापार। देश-विदेश भेजी। कहत रहा परचार, लोक परेम और न जाने, का-का...

पल्ला : अच्छा, ई सब हल्ला करे की जरूरत नहीं है।

भागदेई : तू केहु से न कहे। हमार बात छोड़।

पल्ला : दुनिया भर का कागज, बाँस का फन्नी, रंग, फुलना, तार, पन्नी और कितना कुछ लगेगा... कहाँ मिली अतना रुपया। ऊपर से पचास कारीगर की मजूरी। बाप रे बाप !

भागदेई : भूदानी भाई किस दिन के लिए हैं ?

पल्ला : न, न, भूदानी भाई पर इतना बोझ न। एक तो असहिं इतना

बड़ा उपकार कय दिहिन कि मूड़ी उठावे में एक बार सोचे के पड़ी। न, न...भूदानी भाई...न।

भागदेई : सो तो है।

पल्ला : लेकिन भाई रुपया-रुपया को टानता है !

भागदेई : सब हो जाई। छोड़ टाना-टानी की बात। जब काम बने का होत है तो रास्ता अपने आप निकल जात है।

(भागदेई जम्हाई लेते हुए अन्दर चली जाती है।)

पल्ला : *(अपने आप से)* सही बात, भगवान जब देत हैं, तो अइसे देत हैं। अब कहाँ डिल्ली, कहाँ भूदानी भाई, कहाँ हम, कहाँ मउर, कहाँ रथ...कइसे सब आकर मिल गए एक साथ...

(पल्ला यह बोलते-बोलते नींद में चला जाता है। धीरे-धीरे रोशनी हो जाती है विलुप्त)

दृश्य : 4

(रोशनी आती है। भूदानी भाई के बरामदे का दृश्य उभरता है। भूदानी भाई डेस्क पर झुककर कुछ लिख रहे हैं। थोड़ी दूर पर दो कार्यकर्ता सूत को सुलझाने में लगे हुए हैं।)

भूदानी भाई : मुट्ठी भर सूत तुम लोगों को नहीं सुलझ रहा है। घंटा भर हो गया। जमीन का झगड़ा कैसे सुलझेगा।

कार्यकर्ता-1 : कोई भड़का रहा है। सुलझते-सुलझते मामला उलझ जाता है। अब डीला महतो ने अपने जमीन पर से अदाता को बेदखल कर दिया है। कई बार उन्हें समझाने की कोशिश की मगर उन पर कोई असर नहीं। गुमसुम रहते हैं। बहुत हुआ तो सौ बातों में से एकाध का उत्तर दे दिया। वह भी गोल-मटोल कि जमीन के वितरण में मैं नहीं था। वगैरह, वगैरह...

कार्यकर्ता-2 : असल में उनका कहना है कि भूदान की जमीन किसी हरिजन को न मिलकर दूसरे को मिल गई ?

कार्यकर्ता-1 : छिपाइए मत। स्पष्ट कहिए न कि वह कह रहा था कि भूदानी

भाई ने सारा गंडोगोल किया है।

कार्यकर्ता-2 : हाँ, कह रहा था कि भूदानी भाई ने जमीन लाल साहब के कमिया* को दे दिया...

भूदानी भाई : इतने बरसों के बाद...कमिया...

कार्यकर्ता-1 : अदाता और दूसरे भूमिहीन जो हैं, वे क्या सोचते हैं, हमें नहीं मालूम पर सत्य नहीं है कमियावाली बात।

भूदानी भाई : तुम्हारे सत्य कहने से उनका भ्रम दूर होने से रहा, सवाल यह उठता है कि प्राप्त भूदान भूमि में से कितनी जमीन की पुष्टि कराई गई ? कितने को सर्वे कराया गया, कितने की रसीद कटवाई गई तथा कितने का लगान निर्धारण हुआ ? और क्या भूदान और सरकार की बँटी हुई भूमि का खाता खुलवाया गया ?

कार्यकर्ता-2 : हमें क्या करना होगा भूदानी भाई ?

भूदानी भाई : लोक सम्पर्क।

(ताना आता है कि भूदानी भाई को कार्यकर्ता 'जय जगत' बोलकर प्रस्थान कर जाते हैं।)

ताना : भूदान का गड़ा मुरदा उखाड़ रहे थे भूदानी भाई !

भूदानी भाई : मजाक का पात्र तुम्हें मैं ही लगता हूँ ताना !

ताना : मैं मजाक थोड़े ही कर रहा हूँ।

भूदानी भाई : माना कि सच कह रहे हो। लेकिन तुम भी सच सुनने की भी आदत डालो।

ताना : सच !

भूदानी भाई : सच तो यह है कि तुम जिस परिवर्तन की बात करते हो उससे अधिनायकवाद का जन्म होगा।

ताना : सर्वहारा के हाथ में सत्ता जाने का मतलब अधिनायकवाद यदि है, तो ठीक है। हमें उसमें विश्वास है।

भूदानी भाई : यानी लोकतन्त्र में नहीं ?

ताना : मठाधीश जिस जनतन्त्र की वकालत करते हैं, निश्चय ही उस जनतन्त्र में हमारा यकीन नहीं है।

भूदानी भाई : तुम्हारा यकीन किसमें है जरा सुनूँ।

* कमिया—काम करनेवाला—नौकर।

ताना : श्रम में, संगठन में, ईमानदारी में और विचार में।

भूदानी भाई : ये किताबी बातें हैं। सेमिनारों और गोष्ठियों में यह अच्छी लगती हैं। तुम यह मत भूलो कि सरकारी नौकर हो। उस सरकारी प्रकोष्ठ में काम करते हो, जिसे हम वस्त्र उद्योग कहते हैं। तुमको पता है कि सरकार ने वस्त्र उद्योग का ऐसा कोई यन्त्र साधारण जन के लिए हाथ में नहीं दिया जो उनकी कार्य क्षमता को बढ़ाने के साथ-साथ आर्थिक लाभ पहुँचाने में सक्षम हो। जिस एक तकुआवाले 'किसान चरखा' के उत्पादित सूत से मोटी चादर बनती है, उस पर प्रति गुंडी एक रुपए की दर से मजदूरी पहले दी जाती थी जबकि मिल में उन दिनों लगभग दस पैसे मजदूरी बैठती थी और ढाई घंटे में एक हजार मीटर तार का उत्पादन वे कर लेती थीं। हजारों कतिनें इस काम में रहती थीं। आज इसमें बहुत परिवर्तन आ गया हो ऐसा नहीं है। इससे बुनकरों की गरीबी को नापा जा सकता है। सच तो यह है कि सरकार पचास रुपए की टेक्नॉलोजी किसी हाथ को नहीं दे सकती। अब दे दीजिए इस्तीफा। तब समझें कि बड़े क्रान्तिकारी हैं आप।

ताना : हमारे एक के इस्तीफा देने से क्या होगा। हम तो जन-मानस में अपने तरीके से व्यवस्था के खिलाफ मोर्चा खोले हुए हैं।

भूदानी भाई : हाँ, हर आदमी का अपना तरीका है काम करने का। खैर, छोड़िए हमारे लायक कोई सेवा हो तो बोलो। असल में मुझे बैठक में जाना है। यूँ भी देर हो गई है।

ताना : अच्छा भूदानी भाई कभी तुमने गोमांस खाया है ?

भूदानी भाई : शिव, शिव, शिव...

ताना : सुना है आपका बेटा गोमांस सप्लाई करके दिल्ली में अच्छी सम्पत्ति अर्जित कर लिया है !

भूदानी भाई : बेटा की बेटा जाने। गोमांस नहीं सुअर मांस। हमने ऐसा ही सुना है।

ताना : हमने सुना है कि जैसा जब डिमांड हुआ, वैसा मांस सप्लाई कर लिया, क्या आदमी का मांस भी !

भूदानी भाई : इसका सही उत्तर वही दे सकता है।

ताना : एन.जी.ओ. से तुम जुड़े हो और सरकार के खासमखास हो

इसलिए कहता हूँ कि अपने लोगों से कहो ठगी का यह खेल बन्द करे वरना अब आगे ऐसी स्थिति आनेवाली है जो सँभाले नहीं सँभलेगी।

भूदानी भाई : तुम अपनी देखो।

ताना : क्या देखें ?

भूदानी भाई : जो अराजक स्थिति आनेवाली है।

ताना : इसलिए तो कहता हूँ सँभल जाओ।

(ताना चला जाता है। पल्ला आता है।)

भूदानी भाई : आओ, आओ पल्ला। तुम्हारे पीछे कितनी बड़ी-बड़ी बातें हो गईं। तुम जो चरखा-चरखा चिल्ला रहे थे और खादी के काम में लगना चाहते थे, उसमें तुम्हें मैंने जान-बूझकर नहीं भेजा। बरना हमारी एक चिट्‌ठी से तुम्हारी मुराद पूरी हो सकती थी। असल में खादी में आमदनी उतनी नहीं है। खादी रोजगार नहीं, विचार है।

पल्ला : भागदेई बोलत रही कि डिल्ली से कोनो बड़ा आदमी आया रहा...

भूदानी भाई : बताता हूँ, सब बताता हूँ।

पल्ला : जवन साहेब के पास भेजे रहे हमें, भरोसा रहा कि कोनो घाट लगाय दिहैं मगर कुछ नाहीं भवा और ! साहेबो रिटायर कर गए...

भूदानी भाई : उसका नहीं चला होगा। नहीं तो तुम्हारी नौकरी पक्की ही थी।

पल्ला : हो सकत है।

भूदानी भाई : हो सकता नहीं, सच है यह कि सन्तोष की डाल में मेवा फलता है।

पल्ला : सो कैसे ?

भूदानी भाई : तभी न एक छूटा, दूजा मिल गया। चाकरी से बढ़िया है व्यापार। व्यापार का व्यापार हुआ और लोकसेवा का लोकसेवा। अब का ? रात-दिन बैठकर बनाते रहो रथ और मउर।

पल्ला : सब आपका महातम है।

भूदानी भाई : हमारा नहीं ईश्वर भाई का, रथ और मउर का।

पल्ला : कब से काम शुरू होएगा ?

भूदानी भाई : धाँधने* से काम नहीं चलेगा पल्ला। अभी सर्वे होगा। मउर और रथ बनानेवाले इस इलाके में कितने लोग हैं, उनकी माली हालत क्या है ? इस कला की लोक महत्ता क्या है ? इन तमाम बातों को लेकर कागज तैयार होगा। उस कागज में यह भी दर्शाया जाएगा कि कारीगर, हैड कारीगर, सहयोगी आदि का पारिश्रमिक क्या होगा। निर्माता संस्था होगी हमारी, मगर कारीगर के रूप में नाम तो भागदेई और तुम लोगों का जाएगा।

पल्ला : माने बड़ा-बड़ा खेला है।

भूदानी भाई : ऐसा, वैसा ? खेला तो ऐसा है कि यहाँ से मुलतान तक तुम्हें सब जान जाएँगे।

पल्ला : सो कैसै ?

भूदानी भाई : प्रचार होगा...फिल्म बनेगी...भागदेई के माथे पर मउर रखाएगा।

पल्ला : *(बीच में)* विवाह के समय न मउर माथे पर रखाता है।

भूदानी भाई : फिल्म में ब्याह होगा।

पल्ला : न, न, भूदानी भाई, बियाह को लेकर खेला नहीं। औरत जाति की बात है।

भूदानी भाई : देवी-डिवहार के थाने पर रथ टँगाएगा। बाजा बजेगा। तुम अभुआवोगे**। ओझा-गुनियाँ मन्त्र पढ़ेगा। सबकी फिल्म बनेगी। टी.वी. में उसे दिखाया जाएगा।

पल्ला : इससे का होवेगा भूदानी भाई ?

भूदानी भाई : प्रचार होगा...नाम होगा...रेल में, बस में चढ़ोगे तो लोग कहेंगे, वह देखा पल्ला जा रहा है, वह देखो भागदेई जा रही है।

पल्ला : भूदानी भाई आप साक्षात् देयता हैं...हम जैसा कीड़ा पतिंगा को अतना बड़ा ओहदा। गान्ही महात्मा भी फेल। बाप रे बाप...

भूदानी भाई : अरे, नहीं, नहीं...

---

* धाँधने—जल्दबाज़ी करने।

** अभुआना—लोकमान्यता के अनुसार जब देवता तन में आते हैं तो आदमी जो बोलते हैं उसे अभुआना कहते हैं—ट्रांस में बोलना।

पल्ला : बस एक पेंच फसत है। पूछो कि का ? तो ऊ का है कि अतना मउर, रथ जब बनी तो बाजार से सामान लावे के पड़ी। पचास ठू कारीगर की मजदूरी रोजाना, ऊपर से, रुपया कहाँ से आई ? यही चिन्ता में रात भर नींद न आई।

भूदानी भाई : संस्था अग्रिम देगी।

पल्ला : माने ?

भूदानी भाई : हम अग्रिम राशि देंगे।

(पल्ला भूदानी भाई के पैर पर लेट जाता है। भूदानी भाई उठाते हैं)

पल्ला : भगवान हैं हमारे लिए, भगवान...

भूदानी भाई : ठीक है नाचो मत। यह बात अभी किसी से कहना मत। विरोध करनेवाले बहुत मिल जाएँगे, सहयोग करनेवाला एक न मिलेगा। जब काम चलेगा तो स्वतः लोग जान जाएँगे। हल्ला करने से क्या लाभ ?

पल्ला : किसी से कोई बात न कहूँगा। भनक तक न लगे दूँगा।

(भूदानी भाई का पैर धीरे-धीरे पल्ला दबाने लगता है।)

भूदानी भाई : पल्ला तू जब पैर दबाता है, तो इतना आराम मिलता है कि मत पूछो कुछ।

पल्ला : कितनी पद यात्रा आप करते हैं ? कितना तेज चलते हैं।

भूदानी भाई : गांधीजी का कहना था कि पैदल चलने पर सत्य अधिक दिखाई देता है और स्पष्ट दिखाई देता है।

पल्ला : गान्ही जी को देखे रहे आप ?

भूदानी भाई : गांधीजी का दर्शन पहली बार मुझे दर्जा आठवें में हुआ। पिताजी के साथ। वे हमारे जिला मैदान में आए हुए थे। बहुत भीड़ थी। उनकी स्वदेशी झोली में लोग स्वेच्छा से कुछ-न-कुछ डालते जा रहे थे। हमारा बड़ा मन था कि हम भी उनकी झोली में कुछ डाल दें लेकिन पॉकेट में कुछ था नहीं। विद्यार्थी था। पैसा कहाँ से आता। पिताजी से कहने की हिम्मत न थी। आज का जमाना तो था नहीं। बहरहाल, पैसा तो था नहीं और गांधीजी के नजदीक जाने का बड़ा

मन कर रहा था। स्पष्ट कहूँ तो उन्हें स्पर्श करने की बलवती इच्छा थी। इधर-उधर, दाएँ-बाएँ देखने लगा कि कोई साथी दिख जाए। कोई दिखा तो नहीं, उधर पिताजी भी आँख से ओझल हो गए। पिताजी की चिन्ता कम गांधीजी की चिन्ता अधिक थी उस वक्त। बस स्पर्श करने की बैचेनी। जब उपाय नहीं सूझा तो मैंने अपनी छूछी मुट्ठी बाँध पाँत में लग गया। ज्यों-ज्यों पाँत बढ़ती कलेजा धड़कता। गांधीजी के पास पहुँचकर मैंने अपनी छूछी मुट्ठी गांधीजी की मुट्ठी में दिया और उन्होंने हाथ डालकर झोली में हिला दिया कि बज गए सिक्के। खुशी से नाच गया मैं। आगे बढ़कर बोला—गांधीजी जिन्दाबाद...इतने बड़े इंसान थे गांधीजी। उसी दिन मैं गांधीजी के रंग में जो रँगा सो आज तक उसी रंग में लहरा रहा हूँ।

पल्ला : गान्ही जी बहुत पैदल चलते थे न ?

भूदानी भाई : खूब। बहुत तेज चलते थे। अधिकतर पैदल ही चलते थे। वे कहते थे कि पैदल चलने से सत्य अधिक और स्पष्ट दिखाई देता है।

पल्ला : जब गान्ही महात्मा थक जात रहे तब उनका गोड़ के दबावत रहा ?

(पॉज)

पल्ला : उनका गोड़ के दबावत रहा ?

(भूदानी भाई पैर समेटते हैं और खड़े हो जाते हैं।)

भूदानी भाई : महात्मा गांधी...

पल्ला : के गोड़ दबावत रहा...

(भूदानी भाई कमरे के अन्दर चले जाते हैं। पल्ला बरामदे में टँगे गांधीजी के फोटो को अपने गमछे से साफ करने लगता है। धीरे-धीरे रोशनी विलुप्त हो जाती है।)

दृश्य : 5

(पल्ला और रामफल पास-पास बैठकर टोकरी बुन रहे हैं। पल्ला गाता है। रोशनी आती है।)

करे सहल अलबेला छेला प्यारा मुरधर देसका।
सुरसर सिवरूँ सारदा सिरे होय विघन सब दूर॥
भरी जवानी छकिया छेल मुख पर बरसे नूर॥
उज्जर दूध पीया दुनिया में जनम नीच घर पायो।
करे सहल... ॥

पल्ला : *(बीच में टोकते हुए)* चुप, जनम नीच घर पायो...ई कौन पद है ?

रामफल : टेर छेलाकी है बेटा। आशक मस्तानी का ख्याल देखा है। नहीं देखा तो का बुझाएगा ? दास्ताने मजनू है कि याद हो जाएगा फटाफट।

पल्ला : इतना नौटंकी देखा है लेकिन आज तक आशक मस्तानी का नाम नाहीं सुना। होएगा कोनो लाफासूटी नौटंकी।

रामफल : लाफासूटी नौटंकी ? घाट-घाट का पानी पीये के पड़त है, तब तनी जाकर कुछ बुझात है। पंजाब में कमाए जात-जात पंजाबी सीख लिया, बोलेंगे तो बुझाएगा तुझे ? गुरमुखी बोली है।

पल्ला : कइसे नहीं बुझाएगा !

रामफल : बुल्लीशाह का पद बुझाएगा ?

पल्ला : अब बुल्ली का ही नहीं बुझाएगा ?

रामफल : बोल का अर्थ भवा...

(तीन बुद्धि दी, बुद्धि दा तुही साखी, तिनैं छाड निज बोध में राच है जी बुल्लेशाह तूँ भूप अच्चल बैठा, तेरे आगे परकिरति को नाच है जी...)

पल्ला : सबद है। इसमें बुझावे का क्या है। साहेब का सबद है।

रामफल : बुल्लीशाह का पद है।

पल्ला : बुल्लीशाह कहो, साहेब कहो। सब साहेब एक हैं।

रामफल : तुमको पता है कि सबद कहाँ जात हैं ?

पल्ला : जोत में समाय जात है।

(ताना आता है रामफल और पल्ला की बात को सुनकर ठमक जाता है।)

ताना : पहली बात यह है कि बुल्लीशाह नहीं, बुल्लेशाह कहो, दूसरी बात यह कि आवाज जोत में समाय नहीं जाती बल्कि आकाश में रहती है। आवाज कभी मरती नहीं। हम जो बोलते हैं वह सब आकाश में रहता है। आकाश मार्ग से ही न लोगों की आवाज खींचकर रेडियो-टी.वी. बोलता है। बोलता है कि नहीं ?

रामफल : कहते हैं न कि साधु-सन्त की अकासबानी भवा।

पल्ला : सब प्रभू की माया है।

ताना : प्रभु की माया नहीं, विज्ञान है यह। विज्ञान ने यह सम्भव किया। रेडियो, टी.वी. सब विज्ञान ने बनाया।

रामफल : और विज्ञान कौन बनावा ?

ताना : आदमी।

पल्ला : और आदमी के कौन बनावा ?

ताना : प्रकृति

रामफल : और प्रकृति के ?

ताना : हवा और जल

पल्ला : और ओके बनावत-बनावत भगवान की आँख भरी आई।

रामफल : सब भगवान बनाए। पानी में लहर बनी और लहर में आँसू बहि गय। वही आँसू से नोंन बना। आग और जल बनि गय फिर रोटी बनि गय...

पल्ला : से रोटिया काहें ला ?

रामफल : लोगवा के खियावेला

पल्ला : चंदा मामा हँसुआ दा...

रामफल : से हँसुआ काहें ला ?

पल्ला : गेहुँआ काटे ला

रामफल : से गेहुँआ काहें ला ?

(पल्ला और रामफल दोनों समवेत स्वर नाचते हुए गाते हैं)

रोटिया बनावे ला......
चन्दा मामा हँसुआ दा
से हँसुआ काहें ला ?
गेहुँआ काटे ला।
से गेहुँआ काहें ला ?
रोटिया बनावे ला।
से रोटिया काहें ला ?
लोगवा के खियावे ला...

(धीरे-धीरे रोशनी विलुप्त हो जाती है।)

दृश्य : 6

(अपने कक्ष में लैम्प की रोशनी में भूदानी भाई कुछ लिख रहे हैं। अम्मा मचिया पर बैठी स्वेटर बुन रही है।)

अम्मा : तुमने क्या सोचा ?

भूदानी भाई : किस चीज के लिए ?

अम्मा : याद करो।

भूदानी भाई : नहीं...नहीं, मुझसे नहीं होगा। तुम्हारी बहू की सेवा-शुश्रूषा के लिए हम किसी महिला कार्यकर्ता को दिल्ली नहीं भेज सकते। मुझसे नहीं होगा। अपना काम आदमी को खुद करना चाहिए। हम लोग क्या करते नहीं हैं !

अम्मा : कुछ महीने की तो बात है।

भूदानी भाई : वे लोग समर्थवान हैं, सेविका रख लें। मार्डन लोग हैं। उनको गांधी से क्या वास्ता।

अम्मा : जिनको गांधी से वास्ता है क्या वे सेवक-सेविका नहीं रखते ?

भूदानी भाई : जो रखते हैं, गलत करते हैं...कल पल्ला ने पैर दबाते मुझसे पूछा था कि महात्मा गांधी का पैर कौन दबाता था ? यह सुनकर मुझे मानो करंट मार दिया। मैंने अपना पैर समेटा और ग्लानि से भर गया। मुझे लगा जो आदमी दूसरे से पैर दबवाता है, उसे गांधीवादी कहाने का अधिकार है क्या ?

अम्मा : इसका मतलब तुम गांधीवादी नहीं हो।

भूदानी भाई : हूँ, थोड़ा कुजात गांधीवादी, थोड़ा मठाधीश गांधीवादी, परफेक्ट गांधीवादी अभी होना है।

अम्मा : न तुम गांधीवादी हो और न ही गृहस्थ। वह तो मैं थी कि गृहस्थी को बाँधकर रखे रही इतने दिन। लड़की-लड़के को पढ़ाया-लिखाया, ब्याह किया। आज कमा खा रहे हैं। तुम रखते हो किसी से वास्ता ?

भूदानी भाई : मुझे पता है। तुम्हारी दृष्टि में मैं गृहस्थ नहीं हूँ और समाज के प्रहरियों की दृष्टि में सामाजिक कार्यकर्ता नही हूँ। क्या फर्क पड़ता है ? हर आदमी की अपनी अवधारणा है।

अम्मा : हम लोग कोई दूसरी बात करें।

भूदानी भाई : ऐसा क्यों है कि हम लोग छोटी-छोटी बातों को लेकर एक-दूसरे से रूठ जाते हैं।

अम्मा : विचार में मेल नहीं है।

भूदानी भाई : विचार तो बड़ी चीज़ है। स्वभाव कहिए। दोनों का अलग-अलग स्वभाव है। तुम अन्तर्मुखी हो। अपना दुख किसी से कहती नहीं, निर्मल हो भीतर से, बाहर से कड़क, रूखा। नए आदमी को थोड़ा समय लगेगा तुम्हें समझने में लेकिन मैं बाहर-भीतर एक हूँ। अच्छा-तो-अच्छा, बुरा-तो-बुरा। इसलिए एक-दूसरे के स्वभाव में कोई मेल नहीं है।

अम्मा : फिर भी हम लोग साथ-साथ रह रहे हैं।

भूदानी भाई : क्योंकि एक-दूसरे के काम में हस्तक्षेप नहीं करते। तभी तो निभ रहा है।

अम्मा : कुछ हद तक।

भूदानी भाई : हममें जो तय हुआ था, हम लोग वही कर रहे हैं।

अम्मा : पिछली बातें कुछ याद नहीं हैं।

भूदानी भाई : कर्तव्य याद रहना चाहिए।

अम्मा : कौन-सा कर्तव्य ?

भूदानी भाई : जो समाज और तुम्हारे प्रति है।

अम्मा : तुमने क्या किया ?

भूदानी भाई : दोनों के बीच बने रहने के लिए अपने समय को बाँटता रहा और आज आलम यह है कि अपने लिए समय ही नहीं

बचा। मुझे आईना देखे हुए तीस साल हो गए।

अम्मा : हमारे नहीं रहने से तुम्हारे पास बचेगा समय अपने लिए ?

भूदानी भाई : तुम्हारे रहने, न रहने से क्या फर्क पड़ता है। तुम हमारे भीतर कभी अनुपस्थित रहती ही नहीं। तुम्हारा रहना हमेशा हमारे लिए प्रीतकर रहा है।

अम्मा : क्या मैं प्रीत नहीं करती।

भूदानी भाई : मैंने कभी कहा ?

अम्मा : जानते हो तुमसे इतनी बहस क्यों करती हूँ जिससे कि तुम अपने को बूढ़ा और कमजोर न महसूस करो। हमेशा खुद को ताजा रखो अपनी कमजोरियों से लड़ने के लिए।

भूदानी भाई : मैं जानता हूँ।

अम्मा : अच्छा सुनो, हरिपाल कैसा रहेगा भागदेई के लिए ?

भूदानी भाई : हरिपाल की शादी हुई थी न ?

अम्मा : शादी के कुछ दिनों के बाद ही उसकी पत्नी का देहान्त हो गया। टेटनेस हो गया था। कल हमने हरिपाल से बात चलाई है। वह राजी है। आखिर हमारे लिए पल्ला ने जो किया है, उसका प्रतिदान तो हम कर नहीं सकते लेकिन यदि उसकी बहिन का विवाह कराने में सफल होते हैं, तो समझेंगे कि हमने कुछ किया। हमने वादा भी तो किया है...

भूदानी भाई : आजकल हरिपाल किस संस्था में है ?

अम्मा : 'मानव उत्थान' में।

भूदानी भाई : तो फिर कल पल्ला को भेजता हूँ। जाकर वह लड़के को देख ले। अगर पसन्द है तो बात पक्की कर आवे। पत्र भी उसे लिख दूँगा, कैसा रहेगा ?

अम्मा : बहुत अच्छी बात। तुम बहुत अच्छे हो।

(भूदानी भाई उठते हैं, जेब से एक फूल निकालते हैं और अम्मा के जूड़े में खोंस देते हैं।)

अम्मा : जब नितिन छोटा था तो जूड़े में फूल लगाते उसने एक रात देख लिया था। मुझसे तो नहीं अपने मित्रों से पूछा कि बाबूजी सोने से पहले रात में अम्मा के जूड़े में गुलाब क्यों खोंसते हैं ?

भूदानी भाई : मुझसे भी पूछा था।

अम्मा : क्या जवाब दिया था ?

भूदानी भाई : मैंने कहा कि चाँद को गुलाब पसन्द है और तुम्हारी अम्मा को भी। तुम्हारी अम्मा चाँद की बहन है। अम्मा के जूड़े में गुलाब लगाता हूँ कि अम्मा खिल जाती है और चाँद भी निहाल हो उठता है।

अम्मा : अब बस भी करो...इतना प्यार सहा नहीं जाता। धीरे-धीरे अम्मा उठती हैं, साथ में भूदानी भाई भी।

(दृश्य लोप हो जाता है)

दृश्य : 7

(एक चबूतरे पर ग्रामीण एकत्र हैं। एक टीलेनुमा थोड़ी-सी ऊँची जगह पर बैठा है ताना। रोशनी आती है। दो-एक ग्रामीण पीछे से आते हैं और आकर चुपचाप समूह में बैठ जाते हैं।)

ग्रामीण 1 : अकाल जवन पिछले साल पड़ा रहा, सरकार वही का राहत बाँट रही है। फी आदमी दस किलो गेहूँ।

ग्रामीण 2 : सबको नहीं। जिसके पास कुछ जमीन है उसको।

ग्रामीण 3 : खुलासा कहो न जेकरे पास तीन एकड़ जमीन है ओके दस किलो, जेकरे पास दस-पाँच कट्ठा है ओके पाँच किलो।

ताना : और जिसके पास कुछ नहीं है उसको ?

ग्रामीण 1 : कुछो नहीं।

ग्रामीण 3 : पेंच है कि अनाज जेके मिलबो करी ओकर पहले फोटो लागी। मुखियाजी के पचीस ठू रुपया फोटो खिंचाई देवे का है। फोटो साट के चिन्हासी पर ठेपा देकर अनाज मिली।

ग्रामीण 4 : बेलाक में रेलम-पेल है।

ग्रामीण 2 : आगे पटवारी भइया रहे, अमीन रहे अब मुखिया में पॉवर समाय गया है। अब दौड़ो उनके पीछे। जी हुजूरी करो। तब पक्का, नहीं तो सब कच्चा।

ग्रामीण 3 : इतना पँवारा बतियाने का क्या है ? असल मामला है कि

हम लोग का करें, जो मजूर हैं; जिनके पास एक कट्ठा भी जमीन नहीं है। अनाज हमको मिलना जरूरी है कि जमीनवाले को ?

ताना : सबसे पहले मजदूर को अनाज मिलेगा फिर छोटे काश्तकारों को। परिवार के सदस्य के हिसाब से अनाज मिलना चाहिए। फी सदस्य पाँच किलो। इससे एक कनवा कम नहीं।

ग्रामीण 1 : अगर ब्लॉकवाले न मानें तो ?

ताना : बन्दी बना लेना है उन्हें। ताला जड़ देना है।

ग्रामीण 2 : भूदानी भाई कहत हैं कि हल्ला-दंगा करने की जरूरत नहीं है। सरकार जो देत है, उसको लेवे का है। विरोध और माँग बाद में।

ताना : तुम लोग गए थे उनके पास ?

ग्रामीण 3 : हाँ, कहत हैं भूदानी भाई कि हिंसा और गुस्सा ठीक नहीं है। सरकार की नीति गलत है। हमें सरकार के बतावे की जरूरत है।

ग्रामीण 4 : सरकार बच्चा है क्या ? भूदानी भाई चाहते हैं कि गोड़ भी न भीजे और तालाब में घुसकर मछली भी पकड़ लें।

ताना : सुविधाभोगी। पूँजीपतियों का दलाल। तुम्हीं लोग उन्हें देवता मानते हो।

ग्रामीण 1 : जवन कहो लेकिन दिल का बुरा नहीं है भूदानी भाई।

ताना : तुम नहीं समझ सकोगे उन्हें। वह बुर्जुआ की राजनीति करते हैं। जनता में सरकार के प्रति आक्रोश न बढ़े, इसके लिए वह जनता में आश्वासनों के लेवनचूस बाँटते हैं और सरकार से झूठी लड़ाई का स्वाँग रचते हैं।

ग्रामीण 4 : बेलाक पर चले के ?

ताना : पल्ला नहीं दिखाई पड़ रहा है। क्यों रामफल, पल्ला कहाँ है ?

रामफल : भागदेई के लिए लड़िका देखे गवा है। भूदानी भाई के सम्पर्क का लड़िका है। भूदानी भाई लड़िका ठीक किए हैं।

ताना : चलो यह काम भूदानी भाई ने बढ़िया किया।

रामफल : तुम्हीं न बुरा कहत हो ?

ताना : धीरे-धीरे समझोगे क्यों कहता हूँ, जैसे तुम लोग इस व्यवस्था को अब समझ रहे हो। ठंड से जो मर जाते हैं, उनके बारे

में अखबार जब हल्ला मचाते हैं, तो कम्बल बँटता है।

रामफल : बैसाख में।

(सभी लोग हँस पड़ते हैं।)

ग्रामीण 2 : हम भेड़ बकरी हैं।

ग्रामीण 1 : दुधारू गाय।

ग्रामीण 2 : हम मालिक हैं ?

रामफल : साला, मालिक !

ग्रामीण 3 : भूदानी भाई कहत रहे कि हम मालिक हैं।

ताना : तभी न सब छीन लिया। कहने भर को है मौलिक अधिकार, अख्तियार कुछ भी नहीं। सारा अख्तियार सत्ता में बैठे लोगों का है। मालिक ! पूँजीपतियों को हैं सारे अधिकार।

रामफल : चूतिया बनावेवाली बात है सब। का भाई, टोपी मा छेद है, टोपी उतार लिया। का भाई धोती में छेद है, धोती उतार लिया, बिस्टी भर रह गई। ठठरी दिखाय रही है, का भाई, अब कपड़ा देह पर नहीं है। सब चुप। का इ पाटीवाला, का उस पाटीवाला। का भाई, गरीब जनता, भूखी जनता के हमदर्द...रैली करत हैं। हम न रहब तो रैली कैसे होवेगी ?

ग्रामीण 1 : धीरे-धीरे सब बुझात है...

ग्रामीण 2 : कोनो पाटीवाला दूध का धोवा नाहीं है।

ताना : तब जागो। लड़ना शुरू करो अपने हक-हकूक के लिए, जिस दिन तुम लोग उठ खड़े होओगे न, सारी चालाकियाँ सारे लोगों की निकल जाएँगी।

ग्रामीण 3 : वह दिन कब आएगा ताना ?

ताना : वह तो तुम लोगों के ऊपर है। जिस दिन तुम लोग देखना और सोचना शुरू कर दोगे और एक्शन में आ जाओगे, उसी दिन वह समय आएगा।

(डाकिया आता है। थैला से चिट्ठी निकालकर ताना और एक-दो ग्रामीणों को थम्हाता है।)

ताना : बहुत गुमसुम हो ?

डाकिया : तो क्या करें ?

ताना : हुआ क्या ?

डाकिया : होना क्या है। बड़ी ऊँची-उँची बात तुम सभी लोग करते हो।...थैली भर चिट्ठियाँ थीं आग लगा दी उसमें। मनीआर्डर का सारा रुपया जलकर स्वाहा हो गया...एतराज करने पर पीटा सो अलग...कितनी आशा, कितनी उम्मीद, कितनी आबरू जल गई, राख हो गई। अयोध्या डाकिया का कसूर क्या था ! यही न कि वह सच बोलता है। जिन लोगों ने ऐसा किया है—मैं उन लोगों को पहचानता हूँ। कभी भेंट होगी तो पूछूँगा कि भाई तुमने ऐसा क्यों किया। एक डाकिया से लड़ने का यह कौन-सा क्रान्तिकारी कदम है। पूछूँगा जरूर—चाहे वे गोली ही क्यों न मार दें।

ताना : कौन लोग थे वे ?

रामफल तथा अन्य ग्रामीण : *(समवेत स्वर में)* कौन थे वे ? बताओ तो सही।

डाकिया : इतनी ही बेचैनी है तो अयोध्या डाकिया से मिल लीजिए। वे लोग भी अपने को क्रान्तिकारी कहते हैं। यह कौन-सी क्रान्ति हुई ?

(डाकिया चला जाता है।)

रामफल : ऐसा तो कभी न हुआ आज तक।

ग्रामीण 4 : सब बाइली लोगों का काम है।

ग्रामीण 2 : डाकिया से कौन दुश्मनी ?

ग्रामीण 2 : होय सकत है कि...

रामफल : भूदानी भाई, ताना दोनों लोग से—अयोध्या का मेल है। दोनों से जेकर दुश्मनी होएगी...हमें लागत है उसी का कारनामा होएगा।

ताना : नहीं, ऐसा नहीं है। बात कुछ और है जो भी हो, यह बुरी खबर है। हमें इसके बारे में पता करना चाहिए कि ये अपराधी कौन हैं ?

ग्रामीण 1 : कोनो लफुआ का काम होएगा।

ताना : जिसका भी काम हो। जिसने भी ऐसा किया वह जनशत्रु है।

रामफल : तो बोलो का किया जाय।

ताना : सबक सिखाना होगा।

रामफल : ठीक...बेलाक को घेरने की बात ?

ग्रामीण 1 : वहाँ ताला का घेराव करोगे ?

ताना : क्यों ताला का घेराव क्यों ?

रामफल : हाँ, सही बात। अब तक तो सब चले गए होंगे।

ताना : कोई नहीं गया होगा। चलो चलते हैं।

(सब लोग उठ खड़े होते हैं। धीरे-धीरे रोशनी विलुप्त हो जाती है।)

अध्याय : 2

दृश्य : 1

(रोशनी आती है। दिखता है बस अड्डा का बोर्ड। ऊबड़-खाबड़ वीरान सड़क की बाईं पटरी पर एक जर्जर टीन का शेड है। नीचे दो-तीन मुसाफिर आराम कर रहे हैं। पल्ला आता है। वह भी जगह देखकर जमीन साफ कर अपनी लुंगी बिछाकर ओठंगता है। एक बैंडमास्टर आता है। वह पल्ला के बगल में अपना आसन जमाता है। दूर की एक लैम्पपोस्ट की रोशनी उन पर पड़ती है। एक आदमी छींकता है, उसकी बगल का आदमी हड़बड़ाकर उठ बैठता है।)

पहला आदमी : कितनी मुश्किल से नींद आई थी...कहाँ जाना है ?

दूसरा आदमी : पूरब जाना है। बस छूट गई। चरबजिया बस पकड़े का है। जगा दिहो भइया।

पहला आदमी : आँख लगि गई तब !

(बैंडमास्टर अपनी बगलवाले आदमी से माचिस माँगता है। बगलवाला आदमी इशारे से नकारात्मक जवाब देता है। बैंडमास्टर उठकर बैठ जाता है। पल्ला से मुखातिब होता है।)

बैंडमास्टर : लगता है कहीं तुम्हें देखा है ?

पल्ला : पल्ला नाम है। कोनो बारात में देखे होबा।

(पहले आदमी को फिर छींक आती है। उसकी बगल का आदमी बिगड़ उठता है।)

दूसरा आदमी : चौप...अब छींकयो तो ठीक न होई। मरदवा स्वामी ! तोहार नाक है कि नकेड़ा। धड़का का बीमारी हमें है भइया। धड़का बूझते हो ? कलेजा काँपत है। जोर आवाज बर्दाश्त न होत है। यहाँ न डागडर, न दर-दूकान। बियावान में बस अड्डा है। दिन डूबे के बाद रास्ता-घाट सब बन्द।

बैंडमास्टर : *(पल्ला से मुखातिब होकर)* यह जगह ठीक नहीं है। निचलाई रात में शैतान मुरदघट्टी से निकल के आवत हैं। तमाशा करत हैं। रात में कोई तोहार नाम लेके बुलावे-जवाब मत देना। सलाई-बीड़ी माँगे तो निसुहीं मारे रहना*। जहाँ बोले, वहाँ फँसे।

पल्ला : तुम शैतान के देखो हो ?

बैंडमास्टर : अब्बा कहत रहे कि शैतान के पैर का पंजा पीछे होत है, एड़ी आगे। वे जिस पर रीझ गए, उसको शहंशाह बनाय देत हैं और जिस पर नाराज भए—उसको बरबाद कर देत हैं।

पल्ला : शैतान कैसे पैदा होत है ?

बैंडमास्टर : आग से पैदा होत है शैतान। फरिश्तों को तबाह करे के बदे। लेकिन हमारा दोस्त सुक्खू कहत है कि जो खुदकुशी करते हैं वही शैतान बन जाते हैं।

पल्ला : झूठ बात। हमारी माई भी तो खुदकुशी की थी मगर वह शैतान कहाँ बनी ! वह तो मछली हो गई।

बैंडमास्टर : मछली कैसे ?

पल्ला : हमारी माई का जब ब्याह हुआ और वह ससुराल आई तो अपने साथ एक मछली भी ले आई मिट्टी की हाँडी में

* निसुही मारे रहना—सोने का ढोंग कर पड़े रहना।

ज़िन्दा। वह कुएँ की मछली थी। गिरई मछली। उसने उस मछली को ससुराल के कुएँ में डाल दिया। हम उसे मौसी कहते थे। कुएँ में इसलिए डाल दिया मौसी को जिससे कि पानी में मायके का स्वाद बना रहे। बाप मछली मौसी को लेकर हँसी-मजाक भी किया करता था और जब झगड़ता था माई से तो कुएँ का पानी बन्द कर देता था। माई दूसरे कुएँ का पानी नहीं पीती थी। वह भर दिन हकासे-पियासे रहती थी। एक रात माई और बाप में खूब झगड़ा हुआ। बाप ने माई को इतना मारा, इतना मारा कि पीठ पर ई मोटी-मोटी गोहिया* । हम भाई-बहन भी खूब रोए। रोते-रोते माई बेहोश हो गई। उसके दाँत बैठ गए। बहिन ने माई के मुँह पर पानी के छींटे मारे। मैं भागा हुआ बैद के गाँव गया। दूर था बैद का गाँव। बच्चा था मैं। बहुत डर लगता था रात में अकेले। दवा लेकर उस अँधेरी रात में आया। मालूम हुआ कि माई को जब होश आया तो वह उठी और कुएँ में छलाँग लगा दिया। भीड़ लगी थी कुएँ के पास। एक औरत हमें और बहिन को लेकर चली गई। एक दिन हम कुएँ के पास खेल रहे थे। बहिन ने कुएँ में झाँककर देखा फिर मुझे बुलाया। कहा—माई कुएँ की मछली हो गई। हमने देखा कुएँ में दो मछलियाँ तैर रही थीं। एक माई थी, दूसरी मौसी... कभी हमारे गाँव आओगे तो तुम्हें दिखाएँगे।

बैंडमास्टर : कभी बजाने उधर आया तो तुम्हारे गाँव आऊँगा। जरूर आऊँगा दोस्त।

पल्ला : माई को बैंड बहुत पसन्द था। घर के रास्ते से जब बारात गुजरती थी, बैंड बजता था तो माई घर का सारा काम-काज छोड़कर दरवाजे पर भागकर चली आती थी। औरत जाति को बहुत टानता है न बैंड !

बैंडमास्टर : हमारी अम्मी को चिढ़ थी उससे। अब्बा ने कभी अम्मी के सामने साज नहीं खोला। बड़ा ख़्याल रखते थे वो। अम्मी चाहती थीं अब्बा बजाना छोड़ टेलरिंग का काम करें मगर अब्बा तो साज की रूह में थे और अब्बा की रूह में साज था। अब्बा

* गोहिया—त्वचा पर चोट लगने से उगी छाप।

बजाने जाते थे तो पीछे-पीछे मैं भी चला जाया करता था। धीरे-धीरे रस मिलने लगा। आते-जाते इसी तरह बजाना सीख गया। अलग से कोई तालीम नहीं ली। अब्बा की तबीयत जब नाशाद होती तो बजाने मैं जाता। अम्मी को बड़ा नागवार गुजरता। मींया अपने तो गए ही, साथ में चार हाथ पगहा भी लेते गए। अब्बा ने अम्मी का कभी जवाब नहीं दिया। गुरबत थी मगर सुकून से रहते थे हम...अब्बा जैसा बजबइया इलाके में न था। हवाएँ, परिन्दे, नदियों की अवाज अपनी साज से निकालते थे। बड़े-बड़े बजबइया मुँह ताकते थे। अम्मी गई कि महीना नहीं गुजरा अब्बा भी चले गए। हमारे पास उन्हीं का बिगुल है। अब्बा की निशानी। बजाता हूँ तो बिगुल से अब्बा की दुआएँ निकलती हैं।

पल्ला : हमारी भागदेई के बियाह में आना दोस्त। हमको भी दुआएँ चाहिए।

बैंडमास्टर : क्यों नहीं, जरूर। बहिन है भागदेई ?

पल्ला : हाँ, हमसे दो साल बड़ी है वह। बहुत दुख सहा हमने। हम छोटे थे। गाँव में हमारा कोई रवा* नहीं था। माँ मरी कि बाप कुछ दिनों के बाद पास के गाँव की एक औरत को लेकर भाग गया। हमें गाँववाले बात-बात पर गालियाँ देते। पीटते। हम सहमे-सहमे रहते। भागदेई लोगों का चौका-बरतन करती, औरतों का गोड़ मींजती। उसके बदले में जो जूठ-कूठ मिलता उससे हम पेट भरते। पैसा, रुपया तो कोई देता नहीं था। हम दूसरों का उतारन पहनते। दिन इसी तरह कटने लगे। इसी बीच भूदानी भाई के आश्रम के कार्यकर्ताओं से हमारा हेल-मेल हो गया। मैं उनके बीच आने-जाने लगा। कभी-कभी कुछ काम मिल जाता। धीरे-धीरे भूदानी भाई की सेवा में लग गया। बच्चा था। उतना ज्ञान नहीं था। एक दिन क्या हुआ कि रामप्रसाद लाल हमारे ग्रामीण जो हैं, उन्होंने भागदेई को बुलाया। कहा—तुम जाओ कलकत्ता घूम आओ भागदेई। लड़के की चिट्ठी आई है। उसकी पत्नी को बच्चा होनेवाला है। यह आखिरी महीना है। तुम्हें बुलाया है।

---

* रवा—क़द्र, इज्ज़त।

लिखा है कि भागदेई बुआ को पहुँचा जाइए। एकाध महीना की तो बात है। भागदेई यह सुनकर खुशी से नाच उठी। दो-तीन दिनों के बाद रामप्रसाद लाल भागदेई को कलकत्ता छोड़ने चले गए। इस बीच रामप्रसाद लाल की बहू खटवास-पटवास ले ली। का भाई, कंठहार चोरी हो गया। चोरी का इलजाम भागदेई के मत्थे मढ़ दिया गया। पूरे गाँव में हल्ला हो गया। गाँववालों ने भागदेई को अब गाँव में घुसने नहीं देने का प्रण लिया। मैं यह सुनकर रोता रहता। कलकत्ता से लौटकर जब रामप्रसाद लाल आए और उन्हें जब कंठहार चोरी की बात मालूम हुई तो वे अपनी पत्नी पर बरस पड़े। उन्होंने कहा—अरे मूर्ख कंठहार तो तुमने मुझे दिया था बहू को देने के लिए। उल्टे भागदेई पर चोरी का इलजाम लगा रही है ! इस पर रामप्रसाद बहू ने हाथ जोड़कर कहा—माफ कीजिए। चित्त से उतर गया था, मगर यह बात आप किसी से मत कहिएगा। लोग हमें ही झूठा कहेंगे। रामप्रसाद लाल एक चुप, हजार चुप। उधर भागदेई सेवा में लगी रही बेटा-पतोह के। बच्चा पैदा हुआ। उसकी भी सेवा-शुश्रूषा। एक दिन जब भागदेई गाँव वापिस आई...

(फ्लैश बैक उभरता है)

(भागदेई टीन का एक छोटा-सा बक्सा हाथ में लटकाए गाँव में आती है। गाँव के लोग लाठियाँ लेकर उसे दौड़ लेते हैं। चौकीदार तभी आता हुआ दिखता है। भागदेई दौड़कर उसके पास चली जाती है।)

चौकीदार : *(ग्रामीणों से मुखातिब होकर)* छोड़ दो बच्ची है। चोरी-चमारी इसकी करतूत नहीं है। असली मामला का है, वह पता लग जाएगा। अपने घर जाओ तुम लोग, अगर बेसी फनफनाओगे तो ले जाकर थाना में बन्द कर दूँगा। जमानत लेनेवाला कोई न मिलेगा। *(यह सुनकर धीरे-धीरे लोग खिसक जाते हैं। भागदेई सिसकते हुए पल्ला को बाहों में भर लेती है।)*

(फ्लैश बैक टूटता है।)

ऐसे दिन थे कि लोर पोंछनेवाला कोई नहीं था। आज न कागज का मउर-रथ बनाते हैं। दूसरे के खेत में मजदूरी भी कर लेते हैं। श्रमदान भी करते हैं। कोनो तरह से दू जून की रोटी का जुगाड़ बैठ जाता है। का है कि लड़का देखने इधर आए रहे। देखा। अच्छा है। लोक सेवा में लगा है। अब पूछोगे कि लोक सेवा का है। इ है संस्था का काम। जीवन भत्ता भी मिलता है। बहुत नहीं, काम चलाऊ। लड़का हमको बहुत पसन्द आवा। हमरे भागदेई के साथ उसकी जोड़ी एकदम फिट। इ कहो कि लड़का भूदानी जी के दाब का था कि हलकान नहीं होना पड़ा। अब भागदेई का बियाह हो जाए तो फिर हमहूँ...

बैंडमास्टर : बहिन की शादी के बाद अपनी शादी करोगे ? यह अच्छी बात है।

पल्ला : भागदेई बहुत खुश है।

बैंडमास्टर : शादी ठीक हो रहा है—इसी से !

पल्ला : हाँ, ऊ तो खुश है ही, गाँव की लड़कियाँ उससे भी अधिक...। जिस दिन हम लड़का देखने निकलनेवाले थे कि एक दिन पहले शाम के वक्त गाँव की लड़कियाँ झुंड बाँधकर हमारे घर आईं।

(फ्लैश बैक उभरता है।)

(भागदेई घर के ओसारे में आईने के सामने बैठी मेकअप कर रही है। गाँव की उसकी हमउम्र लड़कियाँ कलपी, मधुमती, बुच्ची आती हैं और चुपके से भागदेई के गाल में लाल रंग लगा देती हैं। खिलखिलाकर फिर सभी हँस पड़ती हैं।)

मधुमति : का बुआ ई आँख में मरकटवा काजल, ई डबल चोटी, ई क्रीम पाउडर, बिजली कहाँ गिरी ?

कलपी : फागुन चढ़ि गवा है का बुआ ?

भागदेई : भक्क।

बुच्ची : सिंगार-पटार अइसा की हो बुआ कि पूरा भाला लग रही हो।

कलपी : फिल्मी हिरोईन भी मात खा जाए। अइसा दप-दप करत है

चेहरा मानो गैस बत्ती।

मधुमति : एकदम छुरछुरी।

भागदेई : सच्ची !

मधुमति : तो हम लोग का झूठ बोलव।

कलपी : अच्छा बुआ जब तोहार बियाह हो जाई और अपने ससुराल जाओगी तो हम पचन को भूलोगी तो नहीं न !

भागदेई : हमके तो आम के पल्लव का मोह लागत है, तू सब तो हमार करेजा हो, कैसे भूलब ?

बुच्ची : जानत हो बुआ जिस दिन लड़की की लगन रखात है उस दिन से लड़की का चेहरा बदल जात है और दिल-दिमाग भी।

भागदेई : कईसे ?

मधुमति : बुआ तू यहाँ आओ, यहाँ बइठो...

(भागदेई उठकर आती है और मधुमती के सामने बैठ जाती है।)

मधुमति : अब समझो आज तोहार लगन रखाय गया। लगन रखाया कि गाना शुरू।

(लड़कियाँ गाती हैं।)

आवा हो भवानी माता बइठा मोरे अंगना
देबे तोहें सतरंगवा के धार
मोरे पिछरवां लवंगिया के लतरिया
लवंगा चूअे आधी रात...

कलपी : अब नेवता बाँटने का रसम हो रहा है।

(लड़कियाँ गाती हैं।)

हो कोइलर आज मोर पहिला बियहवा
नेवत दई आवा हो...
अरगन नेवतेव, परगन नेवतेव और ननियाउर हो,
हो कोइलर आज मोर...

बुच्ची : अब समझो दरवाजे पर बारात आ गई है।

(लड़कियाँ गाती हैं।)

अइसा बाराती न देखा आज तक
जीया होय धकाधक
केहू के एक आँख, केहु के दुई-दुई
बेटवन के तीन आँख देखें टकाटक
जीया होय धकाधक...

(भागदेई खिलखिलाकर हँस पड़ती हैं।)

मधुमति : बुआ हँसो मत। समझो तोहार बियाह हो रहा है।

(भागदेई गम्भीर हो जाती है)

बुच्ची : अब समझो बुआ। दूल्हा खीर खवाई के लिए बैठा है। नेग के लिए रूठता है। पल्ला भइया मनावत हैं मगर तुम्हारा दूल्हा टस-से-मस नहीं हो रहा है।

(लड़कियाँ गाती हैं)

तोहरे महला, दू महला
हमरे झोपड़िया का ख्याल करा
सुन रे ससुरा बेदर्दा
हमरे गरिबिया का ख्याल करा...

कलपी : *(सहेलियों से मुखातिब होकर)* सेंदुरदान कब होई ? बुच्ची तू इधर आ, समझो तुम दूल्हा हो। गाँठ दोनों की जोड़ देती हूँ। अब दूल्हा तुम्हारी माँग में सेंदुर देगा।

(बुच्ची भागदेई के बगल में बैठ जाती है।)

बुच्ची : हाँ ठीक है। लो हम बन गई बुआ का दूल्हा। लेकिन तुमने खीर खवाई की रसम पहले ही करवा दी। चलो कोई बात नहीं।

(लड़कियाँ गाती हैं।)

ओरी तर, ओरी रे तरे
बइठे बरनेतिया

हमरो कौन हे बेटी आँखि के पुतरिया...
दिनवाँ हरेलू हे बेटी बाबा भुखिया रे पियासिया
रतिया हरेलू हे बेटी बाबा आँखि ने निंदिया...

(भागदेई फफक-फफककर रोने लगती है। लड़कियाँ भी रुआँसी हो जाती हैं।)

मधुमति : बुआ रोओ मत। बियाह थोड़ी होत है। मन भारी जनि करा। हम तो अइसहिं खेल कर रहे हैं।

कलपी : हाँ, बुआ खेल है यह सब।

भागदेई : अइसा खेल मत करो कि परान निकस जाए।

मधुमति : बियाह होगा तो सब छोड़कर जाना ही पड़ेगा बुआ। एक मोह छूटेगा, दूसरा जागेगा। आधी जिन्दगी बाप के घर, आधी जिन्दगी मरद के घर। तिरया की दो हिस्से में बँटी है जिनगी...

कलपी : भाई का मोह लागत है बुआ ?

भागदेई : बहुत।

बुच्ची : जब ससुराल जाओगी न बुआ तो हम तुम्हें अपना फोटो दे देंगे। जब उदास होवेगी तब देख लेना।

कलपी : फोटो से का होवेगा ?

मधुमति : सन्तोष।

भागदेई : हम तो अपने साथ कुएँ की मछली ले जावेंगे। ओटो-फोटो कुछो न।

मधुमति : न बुआ...मछली नहीं।

बुच्ची : माई है वह।

भागदेई : हम माई के ले जाब अपने साथ।

(मधुमति की आँखें भर आती हैं। भागदेई आँसू पोंछती है)

भागदेई : बुआ को समझाती थी, अब अपने रोने लगी। क्या भया ?

मधुमति : कुछो तो नहीं...

(भागदेई मधुमति को सीने से लगाती है। जोर-जोर से सिसकने भी लगती है।)

(फ्लैश बैक टूटता है।)

बैंडमास्टर : *(आँसू पोंछते हुए)* शादी पक्की हो गई ?

पल्ला : हाँ, हाँ पक्की हो गई। दो-चार दिन में दिन रखा जाएगा।

बैंडमास्टर : मैं जरूर आऊँगा, पता याद रखना। मौजा जामडीह, अब्दुल बाजावाला। बस समझो यहाँ से चार कोस जमीन पड़ि है। खबर भेजवा देना। चला आऊँगा। बहिन की शादी में मन से बजाऊँगा।

पल्ला : बजाओगे तो बिगुल से अब्बा की दुआ निकलेगी...

बैंडमास्टर : तुम्हारा पता क्या है ?

पल्ला : *भूदानी भाई मशहूर हैं, जोतपुर गाँव*
उसी गाँव में हम रहित है
मउर बनावे का आपन है काम।
जरा, एक बार बिगुल सुना दो...अब्बा की दुआ मिल जाए। भिनसार होनेवाली है। बस भी अब आ रही होगी।

(बैंडमास्टर बिगुल बजाता है करुण धुन में। धीरे-धीरे रोशनी विलुप्त हो जाती है)

दृश्य : 2

(रोशनी आती है। ताना किताब हाथ में लिए अपने कमरे में चहलकदमी करता हुआ कविता पाठ कर रहा है।)

मुकुट राजों-महाराजों के लगते हैं फीके
गेहूँ, जौ, तीसी की बालियाँ—
देखो खोंस ली हमने सिर पर, ऊँचे...
श्रम की आभा है यह कि—
करता है सब दप-दप...
सुनाओ जी, सुनाओ आगे का छन्द
बरसों पर मिला है ऐसा आनन्द

(दरवाजे की कुंडी डी.के. बजाता है। ताना दरवाजा खोलता

है। डी.के. से हाथ मिलाता है। छाती लगते हैं। दोनों आकर बैठते हैं। आगन्तुक की निगाह किताब पर पड़ती है।)

डी.के. : कौन-सी किताब पढ़ रहे हो ?

ताना : 'वेश्याओं की कहानी, उनकी जबानी'।

डी.के. : कैसी है ?

ताना : अद्‌भुत, रोंगटे खड़ा कर देनेवाली। उनके जो अनुभव हैं, उसे पढ़कर तथाकथित क्रान्ति-पुत्रों और महात्माओं का नंगापान सामने जो आया, सो आया। चकित होनेवाली बातें और भी बहुत हैं। डी.के. मुझसे बोला नहीं जाएगा। आप पढ़ लिजिएगा। यह किताब आत्म निरीक्षण के लिए भी जरूरी है।

डी.के. : इतना कहते हो तो पढ़ना पढ़ेगा। आजकल तुम बहुत पढ़ रहे हो...

ताना : आपसे कम। सच कहूँ तो, आप जब मिलते हैं तो मेरी बौद्धिक समृद्धि बढ़ जाती है।

डी.के. : समान भाव से हम दोनों एक-दूसरे को अपने अनुभवों से समृद्ध करते हैं।

ताना : इन दिनों आप क्या पढ़ रहे हैं ?

डी.के. : संगठन ने जिस काम में मुझे लगाया है, उसमें किताब पढ़ने की फुर्सत कहाँ ? हम जिनके बीच काम कर रहे हैं, वे जीवित किताबें हैं। ऐसी किताबें जिनमें रोज एक-एक पेज जुड़ते जा रहे हैं। आप यह दावा नहीं कर सकते हैं कि हमने उन्हें पूरा पढ़ लिया, पूरा जान लिया है। तुम बताओ, कैसा चल रहा है तुम्हारा काम ?

ताना : जो है, सो आपके सामने।

डी.के. : अच्छा काम कर रहे हो। संगठन में तुम्हारे काम की चर्चा है।

ताना : ऐसा कोई उल्लेखनीय कार्य मुझे याद नहीं पड़ रहा है।

डी.के. : संगठन का कोई कार्य ऐसा नहीं है, जो जरूरी और उल्लेखनीय न हो। यहाँ जो मैं तुम्हारे पास आया हूँ, अपने आप नहीं आया संगठन ने भेजा है।

ताना : संगठन ने भेजा है ? कोई गलती हो गई ? हमारा काम ठीक नहीं जा रहा है क्या ?

डी.के. : तुम्हारे काम की समीक्षा हाई लेविल कमिटी में हुई। तुम्हारी योग्यता, ईमानदारी, वैचारिक दृढ़ता और सांगठनिक क्षमता को देखते हुए कमिटी ने निर्णय लिया कि तुम्हें बड़ी जिम्मेदारी दी जाए।

ताना : कैसी जिम्मेदारी ?

डी.के. : होल टाइमर के रूप में लोग तुम्हें जानें, संगठन यही चाहता है।

ताना : तब तो नौकरी छोड़नी पड़ेगी।

डी.के. : वह तो है।

ताना : यानी इतना बढ़िया हमारा परफार्मेन्स है।

डी.के. : तभी तो तुम्हें यह जिम्मेदारी दी जा रही है।

ताना : यह रिवार्ड है ?

डी.के. : तुम्हें क्या लगता है ?

ताना : मुझे ऐसा नहीं लगता।

डी.के. : क्या लगता है ?

ताना : बिना मुझसे पूछे मेरे बारे में इतना बड़ा निर्णय कैसे ले लिया गया ?

डी.के. : कमिटी सर्वोपरि है। संगठन ने अधिकार दिया है। कमिटी का निर्णय किसी व्यक्ति विशेष की मर्जी पर नहीं होता। सामूहिक होता है।

ताना : फैसला लेते समय मुझसे एक बार पूछना चाहिए था।

डी.के. : कमिटी को जो उचित लगा वह किया।

ताना : यह तो अधिनायकवाद है।

डी.के. : तुम बुर्जुआ की भाषा बोल रहे हो।

ताना : किताबी भाषा बोलते-बोलते, घर की भाषा हमसे दूर हो गई। हम भूल गए कितना कुछ।

डी.के. : अतीत की लाश ढोना चाहते हो ?

ताना : जीवन है, तो अतीत होगा ही और अतीत लाश नहीं है। वह स्मृति है।

डी.के. : स्मृति और अतीत दो चीजें हैं।

ताना : अतीत है तभी तो स्मृति है।

डी.के. : इस फालतू बहस में मैं पड़ना नहीं चाहता। तुमसे सिर्फ यह जानना चाहता हूँ कि नई जिम्मेदारी कब से ले रहे हो ?

ताना : यह मुझसे क्यों पूछ रहे हैं ?

डी.के. : मुझे लगता है कि तुमसे पूछा जाना चाहिए। कई ऐसे काम होंगे जिन्हें तुम निपटाना चाहोगे। उसके लिए कितना वक्त चाहिए ? उसके बारे में सही निर्णय तुम्हीं न कर सकते हो !

ताना : डेमोक्रेटिक तरीके से पूछने के लिए धन्यवाद !

डी.के. : धन्यवाद ही तुम्हारा उत्तर है।

ताना : मैंने तो यह नहीं कहा, वैसे जो-समझें आप।

डी.के. : फिर तुम क्या चाहते हो ?

ताना : उस देवकुमार से कुछ कहना चाहता हूँ, जो बी.एच.यू. में कभी हमारा सीनियर था। ऐसा सीनियर जिसने अभिभावक, मित्र दोनों की भूमिका अदा की और अपने बहस-मुबाहिसों से हमें विचारवान बनाया। चीजों को देखने का वैज्ञानिक नजरिया दिया। उसी नजरिए से आज जब अपने देवकुमार को इस डी. के. में खोजता हूँ, तो वह नहीं मिलता।

डी.के. : किस आधार पर तुम ऐसा कह सकते हो ?

ताना : चाची का देहान्त जब हुआ। उस समय डी.के. कहाँ था ? डी.के. की प्रतीक्षा में लाश दो दिनों तक दरवाजे पर पड़ी रही। वह नहीं आया।

डी.के. : खबर थी। क्या खबर नहीं थी ? मगर संगठन का काम उससे भी जरूरी था।

ताना : संगठन को पता था कि तुम्हारी माँ की मृत्यु हो गई और उसे अग्निमुख देनेवाला कोई दूसरा बेटा नहीं है, फिर उसने क्यों नहीं भेजा ? और तुम कैसे इंसान थे कि...

डी.के. : संगठन के सामने लाखों माँएँ हैं। किसी एक को खास महत्त्व देने का क्या औचित्य ?

ताना : यह मानवीय नहीं, मशीनी बातें हैं। तुम समझने की कोशिश क्यों नहीं करते। मुझे यकीन नहीं होता कि तुम इतने संवेदनहीन हो।

डी.के. : तुम समझने की कोशिश क्यों नहीं करते। संगठन माँ है।

उसका सोचना ही हमारा सोचना है।

ताना : यानी हमारा सोचना, हमारा वजूद कुछ भी नहीं ?

डी.के. : यह किसने कहा ?

ताना : हाई लेविल कमिटी ही कहती है। वह कहती है बहुत कुछ मगर सुनती है अपने मसरफ भर।

डी.के. : ऐसा नहीं है।

ताना : ऐसा ही है। बहुत-सी बातों का तो पता नहीं होता। ऊपर-ऊपर ही तय कर लिया जाता है। ग्रासरूट वर्कर के बारे में फैसला आप तानाशाही तरीके से नहीं कर सकते। आप डॉन नहीं बन सकते। अपने सपनों का खून होते इस तरह से हम नहीं देख सकते और न किसी को इजाजत दे सकते हैं।

डी.के. : चर्चा जमीनी लोगों के बीच शुरू होती है। ऊपर बाद में पहुँचती है। हाई लेविल कमिटी में जमीनी लोगों की सहभागिता रहती है। देखने की दृष्टि होनी चाहिए।

ताना : अगर व्यक्ति गौण हो जाए तो सहभागिता किसके लिए ?

डी.के. : हमारी चिन्ता के केन्द्र में मनुष्य है। कोई एक खास मनुष्य नहीं। सभी मनुष्य समान। नो ऊँच-नीच, नो पार्सियेलिटी।

ताना : पार्सियेलिटी की बात कौन कर रहा है। संगठन में हमारे जैसे जो वर्कर हैं, वे अपनी सुविधा के अनुसार संगठन में समय दे रहे हैं। अगर आप ही पूरा समय हमारा ले लेंगे फिर क्या खाएँगे हमारे बच्चे ? कहाँ रहेंगे वे ?

डी.के. : तुम्हारे ही अकेले के बच्चे हैं कि औरों के भी हैं ?

ताना : और लोग यदि अपने परिवार का ख्याल नहीं करते हैं तो न करें। वे पाले रहें क्रान्तिकारी बनने का अहंकार। मुझे ऐसा अहंकार नहीं चाहिए। बिना आगे पीछे सोचे होल टाइमर बने साथियों के परिवार का हश्र इतना हृदय विदारक है कि मत पूछिए कुछ। लड़कियाँ जरायम पेशा हो गईं। लड़के ड्रग्स के शिकार हो गए और बूढ़ी माँ कभी इस सम्बन्धी के यहाँ, कभी उस सम्बन्धी के यहाँ डोलती उपहास का पात्र बन रही हैं। मुझे ऐसा भविष्य अपने परिवार के लिए नहीं चुनना है। पारिवारिक जिन्दगी से भागना कहीं से क्रान्तिकारी कदम नहीं है।

डी.के. : तुम गलत ढंग से चीजों का पेंट कर रहे हो। तुम साफ यह

क्यों नहीं कहते कि संगठन से अब तुम रिश्ता रखना नहीं चाहते और न विचारधारा से।

ताना : मैंने यह कब कहा ?

डी.के. : तो तुमने क्या निर्णय लिया ?

ताना : दस दिनों का समय चाहिए।

डी.के. : मुझे क्या कहना चाहिए संगठन को ?

ताना : जो आपको लगा हो मुझसे बात करके।

डी.के. : वह तो मैं कहूँगा ही। फिर भी तुमसे एक बार पूछता...

ताना : *(बीच में)* डी. के. मुझसे आप अभी क्यों जबरिया उगलवाना चाहते हैं। कुछ तो मौका दीजिए। आपको यकीन करना चाहिए कि हमारी वैचारिक प्रतिबद्धता सर्वोपरि है। वह किसी भी परिस्थिति में डिगेगी नहीं। बाकी चीजें तो आनी और जानी हैं।

डी.के. : यह बात हुई।

ताना : फिर ठीक है डी. के. मिलते हैं।

डी.के. : टेक केयर...

(ताना से हाथ मिलाकर डी. के. चला जाता है, ताना गुस्से में पास पड़ी चीजों को पैर से मारता एक भद्दी-सी गाली देता है। धीरे-धीरे दृश्य लोप हो जाता है।

दृश्य : 3

(रोशनी आती है। काली थान के पास नीम के पेड़ पर रथ टँगा हुआ दीखता है। उसके चारों तरफ ढोल-मजीरा के साथ कुछ ग्रामीण पचरा गा रहे हैं।)

दरसु दई दा माई हो, खोला केवड़िया–
दरसु दई दा.....
जल बिन कंवला सुखाय गइले माई हो–
दरसु दई दा, माई खोला हो केवड़िया–
दरसु दई दा......

(पल्ला नशे में धुत्त हाथ में गमछा नचाते आता है और गायकों के बीच नाचते-नाचते अचानक हाथ से इशारा कर साज-बाज बन्द कर देता है।)

पल्ला : दरसु दई दा...चुप्प। काहे का दरसु ? दरसु ? मुर्गी, दारू का बोतल...धोती, गमछा के लिए दरसु ?

ग्रामीण 1 : हे पल्ला, बकर-बकर बन्द कर। देवी की पूजा करे दे। जानत है न देवी का कोप ? भुलई तेरी तरह भगत को अइसहिं अंट-संट बोलत रहा तो देखा न कि देवी कइसा मारी फुफकार कि एक आँख होय गय जय सियाराम।

पल्ला : डरवाता है। हरिराम की मेहरारू कितनी बड़ी पुजेरी रही, भरी जवानी में रांड हो गई...

ग्रामीण 2 : पुरबुजी कमाई रहा।

पल्ला : पिछले जनम में तू रहे का ?

ग्रामीण 3 : हम रहे कि न रहे तुम्हे काहें बतावें ?

पल्ला : बताएगा नहीं और पचरा गाएगा।

ग्रामीण 1 : रोक देगा ? कोनो हिटलरी है !

(ताना आता है। आकर बैठ जाता सबसे अलग)

ताना : हिटलरी...हिटलर...अपने अहम की तुष्टि के लिए हिटलर ने बहुतों को अपना नवाला बनाया। चूँ करने की हिम्मत नहीं थी किसी में। उल्टे समाज में यह प्रचारित था कि हिटलर के मन में सभी जाति के प्रति बहुत सम्मान है। सदाचारी है, कोई नशा नहीं करता। यहाँ तक कि मांस तक नहीं खाता। सबसे प्रेम करता है। झूठा साला...इमोशन का ब्लेकमेल...पैर से ग्लोब नचाएगा और बात करेगा डेमोक्रेसी की ? हिटलरी...! गुलाम चाहिए ?...जरखेज गुलाम...कौन-सा गुलाम चाहिए ?...जरखेज़ गुलाम...कौन-सा गुलाम ? मुरदों के गुलाम ? आदत के गुलाम ? हुक्म के गुलाम ? कौन-सा गुलाम ? हिटलर का दोस्त। हरवन पैपेन है कौन ? वह भूदानी भाई है। हिटलर कौन है ? जो राज करे है हम पर। समझे ?

पल्ला : घर चलो ताना।

ताना : तुम सब ठगे जा रहे हो। और ऊपर से अपने को भी ठग रहे हो। अन्धविश्वास में मुक्ति का उपाय खोजने लगते हो...कुछ नहीं मिलेगा। चूतड़ खजुआते मर जाओगे। जिन्हें तुम अपना शुभचिन्तक समझते हो, वह असल में हरवन पैपेन है।

(धीरे-धीरे पचरा गानेवाले निकल जाते हैं। मंच पर रह जाते हैं पल्ला और ताना)

पल्ला : आज तुम भी चढ़ायो हो का ? देखो तुम अच्छा आदमी हो। तोहर बात सब मानत हैं। का बड़, का छोट। अब तुम पल्ला के माफिक ठेका पर जइबो तो लोग का कहिहैं कि इहो बहि गय !

ताना : हाँ, हम बह गए, पानी में बह गए। हमें पकड़ सकते हो, तो पकड़ लो।

पल्ला : हाँ, हम पकड़ लेब। तोहरे लिए जवन करे के पड़ी। करेंगे।

ताना : लड़ोगे मगरमच्छ से ?

पल्ला : हाँ, लड़ब, जब तक जिऊ रही, लड़ब।

ताना : मगरमच्छ अकेला नहीं होता। उसके साथ ढेर सारे मगरमच्छ होते हैं। जिस दुनिया में उतरकर तुम लड़ोगे, वह दुनिया तुम्हारी नहीं, उसकी है और वहाँ दूसरे का जोर नहीं चलता।

पल्ला : का है ओकर दुनिया ?

ताना : पानी की दुनिया।

पल्ला : मछुआ बुलावेंगे।

ताना : मछुआ नहीं लड़ेंगे, तुम्हारे लिए।

पल्ला : काहे नहीं लड़ेंगे ?

ताना : मगरमच्छ और मछुओं में दोस्ती जो है।

पल्ला : और गोताखोर ?

ताना : गोताखोर के स्कूल के छात्र हैं मछुए।

पल्ला : माने सबका डार-शाखा एक है।

ताना : फिर क्या होगा ?

पल्ला : जे देश में कौआ नहीं, सुबह वहाँ नहीं होत का ? माई हमार पानी में मरी है। हम तुम्हें पानी में न मरे देब।

ताना : तुम्हारी माई पानी में मरी ?

(नेपथ्य से संगीत उठता है–)

दरसु दई दा, माई खोला है केवड़िया।
दरसु दई दा...

(ताना पल्ला के कन्धे पर हाथ रखता है। धीरे-धीरे दृश्यलोप हो जाता है।)

दृश्य : 4

(रोशनी आती है। आश्रम के बरामदे में तीन कार्यकर्ता भूदानी भाई की प्रतीक्षा में बैठे हुए हैं। भूदानी भाई अपने कक्ष में हैं। एक कार्यकर्ता और आता है। वह भी तीनों कार्यकर्ताओं की पाँति में कुर्सी खींचकर बैठ जाता है। उनकी बातचीत चल रही है।)

कार्यकर्ता 1 : हृदय परिवर्तन...कोई भाई बता रहे थे।

कार्यकर्ता 2 : मूल चीज है नैतिकता।

कार्यकर्ता 3 : जयप्रकाशजी का कहनाम है कि कानून मनुष्य के नैतिक विकास का साधन नहीं हो सकता।

कार्यकर्ता 1 : कहाँ रही नैतिकता ? विनोबा जी का भी कहनाम था कि भूदान में तब तक हम किसी की जमीन नहीं लेंगे, जब तक कि वह सोच-समझकर नहीं देता। लेकिन हुआ क्या ?

कार्यकर्ता 2 : काश्तकारों पर दबाव डालकर जमीन दान में लेते रहे और का।

कार्यकर्ता 4 : भूदान आन्दोलन में भूदानी भाई जेसे लोग कितने थे ?

कार्यकर्ता 1 : बाबा के साथ रहे हुए लोग हैं।

कार्यकर्ता 3 : जरूरी नहीं है कि विनोबाजी के साथ रहा आदमी दूध का धोया हुआ हो।

कार्यकर्ता 2 : अब मुँह मत खुलवाइए। गीता बहिन और मनमोहिनी बहिन का किस्सा कौन नहीं जानता। मथुरा भाई का क्या हुआ ?

पैरूराम, अकलू, हरन महतो, रोहन राय सब किसका साथ दिए ? यहाँ तक कि सनीचरी बहिन भी मथुरा भाई के पक्ष में चली गई।

कार्यकर्ता 1 : तुम्हें यह किस्सा कहाँ से मालूम हुआ ? निश्चय ही दलपति भाई ने बताया होगा। अब उनको इस बुढ़ापे में जब कोई नहीं पूछता तो राह चलते लोगों को बुला-बुलाकर संस्था की पुरानी बातों को मिर्च-मसाला लगाकर बताते रहते हैं। उनका हर खर्चा वहन कर रही है संस्था। फिर भी संस्था की निन्दा करने के अलावा, कुछ नहीं करते।

कार्यकर्ता 1 : धीरे-धीरे बोलिए। भूदानी भाई अब निकलनेवाले ही हैं।

(भूदानी भाई अपने कक्ष से निकलते हैं। सभी कार्यकर्ता खड़े हो जाते हैं। भूदानी भाई बैठने का इशारा करते हैं। कार्यकर्ता बैठ जाते हैं। भूदानी भाई बैठते हुए कहते हैं।)

भूदानी भाई : ईश्वर सभी के पिता, धरती सभी की माँ, एक ही परमपिता के सभी पुत्र। सभी मिलकर स्वर्ग का ऐश्वर्य धरती पर उतारो...

कार्यकर्ता 1 : चौधरीजी अनशन पर बैठे हुए हैं। दो दिन हो गए जल भी नहीं ले रहे हैं।

भूदानी भाई : संस्था के अध्यक्ष, मन्त्री से कहिए, मेरे पास क्यों आए हैं ?

कार्यकर्ता 2 : मन्त्रीजी बाहर हैं। अध्यक्षजी ने कहा कि भूदानी भाई से कहिए, वे सभी के लिए मान्य हैं।

भूदानी भाई : मान्य होना अपनी जगह पर है। आप ही बताइए किस अधिकार से उनका अनशन तोड़वाने मैं जाऊँ ? मुझे यह भी पता नहीं कि उनकी माँग क्या है। नहीं, नहीं, मेरा हस्तक्षेप करना कहीं से ठीक नहीं। चौधरीजी पुराने कार्यकर्ता हैं। निष्ठावान हैं। हुआ क्या ? अध्यक्षजी से कहिए कि वे पता करें कि चौधरीजी क्यों नाराज हैं ?

कार्यकर्ता 2 : संस्था में जो नए कार्यकर्ता आए हैं, वे श्रमदान, प्रार्थना में शामिल नहीं होते, बल्कि कहने पर तर्क करते हैं। उन्हीं को लेकर...

भूदानी भाई : उनकी नाराजगी जायज है। स्वयंसेवी संस्थाओं को एक

विशिष्ट प्रकार के कार्यकर्ता की आवश्यकता होती है। एक कार्यकर्ता को सामूहिक जिम्मेदारियों का बँटवारा करके चौबीस घंटे का जीवन व्यवस्थित करना होता है। कार्यकर्ता बनना आसान नहीं है।

कार्यकर्ता 2 : असल में कृषि विज्ञान केन्द्र संस्था परिसर में खोला गया है। कृषि विज्ञान के कर्मचारियों की रहन-सहन और सर्वोदय के जीवनदानी कार्यकर्ताओं की रहन-सहन में जमीन-आसमान का अन्तर है। विज्ञान केन्द्र के कर्मचारी ऊँचे वेतन भोगी, इंग्लिश किस्म के शान-शौकतवाले लोग हैं और सर्वोदय के लोग त्यागी, जीवनदानी, अल्प मानदेयवाले। अब इन कार्यकर्ताओं को भोगवादी संस्कृति में घुटन हो रही है और उनके बच्चों में हीन भावना घर कर रही है।

भूदानी भाई : हमें इस पर कुछ नहीं कहना है। संस्था की दूसरी गतिविधियों के बारे में बताइए।

कार्यकर्ता 2 : चरखा प्रशिक्षण का कार्य चल रहा है। बुनकर दम्पतियों को जोड़ा जा रहा है।

भूदानी भाई : यह रचनात्मक कार्य है। पति-पत्नी दोनों प्रशिक्षित हो जाएँगे, दोनों को रोजगार मिल जाएगा।

कार्यकर्ता 1 : अनशन आप ही तुड़वा सकते हैं। चौधरीजी दूसरी की बात कहाँ तक सुनेंगे, यह कहना मुश्किल है।

भूदानी भाई : इसका उत्तर मैं दे चुका हूँ।

कार्यकर्ता 4 : एक आप ही हैं, जिसको सब आदर करते हैं।

भूदानी भाई : यह राजनीति की भाषा है।

कार्यकर्ता 2 : अम्मा...अम्मा से अनुरोध करते हैं।

भूदानी भाई : अम्मा की बात अम्मा जानें।

(डाकिया आता है। भूदानी भाई को डाक थम्हाता है। भूदानी भाई एक-एककर डाक देखते हैं। एक लिफाफा एक कार्यकर्ता को थम्हाते हैं। चिट्ठी पढ़ने के लिए कहते हैं। कार्यकर्ता पत्र पढ़ता है।)

कार्यकर्ता 1 : परम आदरणीय भूदानी भाई, जय जगत। सम्मेलन में आपकी प्रतीक्षा सभी करते रहे। सर्वसम्मत से समाज सेवा के लिए

आपको सम्मानित करने के लिए प्रस्ताव पारित हुआ है। लोग डर रहे थे कि आप इसे स्वीकार करेंगे कि नहीं। आपको राजी करने की जिम्मेदारी मुझे दी गई है। मुझे विश्वास है कि मेरी बात को आप उठाएँगे नहीं। हम मानते हैं कि गुटगुटियाजी को पिछले वर्ष समाज सेवा का यह सम्मान जो मिला, उससे सम्मान की प्रतिष्ठा गिरी है। मैं समझता हूँ पुरस्कार को लेकर अनेक प्रतिष्ठानों का कमोबेश यही हाल है। लेकिन हम जहाँ हैं वहाँ अब आगे से ऐसी गलती नहीं होगी। लोक संस्कृति पर पिछले दिनों जो आपसे चर्चा हुई थी और रथ-मउर को लेकर हमने जो योजना बनाई थी—उसको मूर्तरूप देने के लिए विद्वानों से राय-मशविरा कर एक भारी-भरकम प्रोजेक्ट जमा किया है। उम्मीद है दो-चार महीने में पास हो जाएगा। इस बीच कुष्ठ-निवारण का कार्य करना है। आपके क्षेत्र को कुष्ठ-मुक्त क्षेत्र बनाना है। आदर्श क्षेत्र। कुष्ठ निवारण के कार्य में स्थानीय लोगों को जोड़ना है। आपकी सलाह पर सारा कार्य सम्पन्न होगा। अगले माह के दूसरे सप्ताह में पहुँच रहा हूँ। आते समय आपके लिए च्यवनप्राश और शहद लेता आऊँगा। जय जगत। आपका ईश्वर भाई।

भूदानी भाई : हरि ओम...

कार्यकर्ता 1 : हम लोग चौधरीजी का अनशन तुड़वाने के लिए अम्मा से अनुरोध करना चाहते हैं।

भूदानी भाई : तो अम्मा से बात कीजिए।

कार्यकर्ता 1 : अम्मा से मिलना चाहता हूँ।

भूदानी भाई : पास के गाँव में महिला मंडल का दो दिवसीय सम्मेलन चल रहा है। वहाँ जाकर बात कर लीजिए। अम्मा वहीं पर हैं। मैं कागज पर जगह का नाम लिख देता हूँ।

(भूदानी भाई—कागज पर पता लिखने लगते हैं। धीरे-धीरे दृश्य लोप हो जाता है।)

दृश्य : 5

(रोशनी आती है। एक सभागार के द्वार पर महिला मंडल का बैनर टँगा हुआ है। रात का समय है। खिड़कियों से रोशनी छनकर बाहर आ रही है। बाहर एक कुर्सी पर बैठकर अम्मा कुछ लिखने में तल्लीन हैं। सभागार के अन्दर से एकादश व्रत का पाठ सुनाई पड़ता है।)

अहिंसा सत्य अस्तेय ब्रह्मचर्य असंग्रह।
शरीरश्रम अस्वाद सर्वत्र भयवर्जन॥
सर्वधर्म-समानत्व स्वदेशी स्पर्शभावना।
विनम्र व्रत-निष्ठा से ये एकादश सेव्य है॥

(एक महिला हाथ में लालटेन लेकर आती है।)

महिला : अम्मा हर कमरे में पानी, मोमबत्ती, माचिस रख दिया है। बाथरूम और शौचालय भी सबको बता दिया।

अम्मा : और बहिनों की हाजिरी लेने के लिए बोल दी हो न किसी बहिन को ? खाने का कूपन सावित्री बहिन के पास रहेगा।

महिला : जी अच्छा।

अम्मा : कोई बहिन खाने को रह तो नहीं गई ?

महिला : रामसखी बहिन का पेट खराब है। दवा हमने दे दी है।

अम्मा : अरे, हाँ दोनों सत्रों की रिपोर्टिंग किसके जिम्मे है ? अखबारों में जो मैटर भेजना था, उसका क्या हुआ ? किरन बहिन के जिम्मे लगाया था वह सब।

महिला : रात काफी हो गई है...

अम्मा : ठीक है, ठीक है। तुम भी जाकर आराम करो। हाँ, भागदेई को भेज देना। अगर सोई न हो तो ?

महिला : आपका खाना ले आवें।

अम्मा : नहीं, मैं दूध पीऊँगी। बोल दिया है।

(महिला चली जाती है। अम्मा कुछ लिखने लगती है। कमरों से महिलाओं के गाने का स्वर सुनाई देता है—धीमे-धीमे।)

आग जिगर का जुगा राखो गोइयाँ
कथा अभी है तताई
तरई, तिरिया, चिरई मोरे भीतर
सबद पड़त सुनाई
आग जिगर का जुगा राखो गोइयाँ
कथा अभी है तताई...

(भागदेई आती है। अम्मा के सामने खड़ी हो जाती है। संगीत थमता है। अम्मा की निगाह भागदेई पर पड़ती है। कुर्सी पर बैठने का इशारा अम्मा करती हैं। भागदेई बैठ जाती है।)

अम्मा : खाना खा लिया ?

भागदेई : हाँ।

अम्मा : महिला सम्मेलन में आकर कैसा लग रहा है ?

भागदेई : बढ़िया, बहुत कुछ सीखने का मिला है।

अम्मा : कल तुम्हें बहनों को रथ और मउर बनाना सिखाना है। ठीक है।

भागदेई : हाँ।

अम्मा : नींद नहीं आ रही है ?

भागदेई : नहीं।

अम्मा : क्या कर रही थीं।

भागदेई : किस्सा सुनत रहे। हमहूँ किस्सा सुनाए। बहुत मजा आया।

अम्मा : कौन-सा किस्सा ?

भागदेई : मूँगा दुसाधिन का। थी वह दुसाधिन, मजूरा जाति। मगर साक्षात इन्नरपरी। जो देखे सो रह जाए देखता। अन्हेरिया रात में जगमग-जगमग रूप दमकता था उसका। जूड़ा खोलती थी तो जमीन पर लोटता था केश। चलती थी तो पैर का पायल बजता था रुनुर-झुनुर, रुनुर-झुनुर...जालिम सिंह की निगाह एक दिन मूँगा पर पड़ी। ऐसा-वैसा आदमी नहीं था जालिम सिंह। वह तो राजा का सिपहसालार था। बड़ा ओहदेदार। घोड़ा से जा रहा था कहीं। मूँगा को देखा, उतर गया घोड़ा से निगाह में ऐसी धँस गई मूँगा। मूँगा अपनी

भौजाई के साथ इनारा पर पानी भर रही थी। पानी पीने के बहाने मूँगा के पास पहुँचा जालिम सिंह और अँजुरी बाँधकर झुक गया उसके सामने। कहा—पियास लगी है, पानी पिला दो। मूँगा यह सुनकर हक्का-बक्का। जालिम सिंह एकटक मूँगा को रहा देखता। मूँगा ने कहा—हम जाति की दुसाधिन और तुम जाति के ठाकुर। कैसे पानी पिलावें ? तुम्हारी जाति चली जाएगी। जालिम सिंह ने कहा जाति जाती है तो जाए, पानी पिलाओ। वह करने लगा जिद्द। मूँगा पानी का घड़ा छोड़कर घर भाग गई। उस समय तो चला गया जालिम सिंह लेकिन दूसरे दिन से मूँगा के इर्द-गिर्द काटने लगा चक्कर। धूप में वह खड़ा रहता, बरखा में खड़ा रहता। ठंड में खड़ा रहता। टुकुर-टुकुर मूँगा को देखता रहता, न खाने का ठीक, न सोने का। एक दिन मूँगा का भी दिल पसीज गया। अब क्या था, दोनों मिलने लगे जहाँ-तहाँ। बिन देखे चैन नहीं, प्रेम परवान चढ़ने लगा और एक दिन जालिम सिंह आया। मूँगा को अपने घोड़े पर बिठाया और ले उड़ा। इन्नर भगवान वह दिन इतना खुश भये, इतना खुश भये कि बरसते रहे रात भर। रात भर किस्से में घूमत रही इन्नरपरी... जगरमगर...जगरमगर...

अम्मा : वाह...लेकिन भागदेई ! प्रेम किसको किस रंग में रँगता है, किसको घोड़ा पर ले जाता है, किसको तड़पने के लिए छोड़ देता है, क्या पता। रेशमा को ही लो, वह चूहड़मल को दिलो जान से करती थी प्रेम। जमींदार बाभन की लड़की थी वह। लौड़िन लगी रहती थीं आगे-पीछे। सुन्दर ऐसी थी कि लजा जाएँ सारी उपमाएँ और चूहड़मल जाति का दुसाध। बहादुर, बाँका नौजवान रसिया। क्या कहते हैं कि रेशमा और चूहड़मल का मिलना-जुलना लोगों को अखरने लगा। घर गाँव में होने लगी कानाफूसी। खानदान की इज्जत में बट्टा लगा रही है रेशमा। तब लोगों ने सोचा रास्ता का काँटा साफ करने का एक उपाय है कि बाँस को ही हटा दो। न रहेगा बाँस न बाजेगी वन्शी। और एक दिन धोखे से मार दिया गया चूहड़मल...लेकिन वह तो जिन्दा रहा रेशमा के भीतर। मरा

कहाँ ! और एक दिन रेशमा भी मर गई। लेकिन वह मरी कहाँ, वह तो जिन्दा है हमारे भीतर। हमारे भीतर उसके प्रेम का दीया टिमटिमा रहा है। उसी दीये से दूसरे दीये को करते जा रहे रोशन...

भागदेई : लोग कहते हैं कि जो कुआँरी लड़की अमावस्या के दिन नीम के पेड़ पे कागज का रथ टाँग दे, तो उसकी मनोकामना पूरी होय जात है। रेशमा काहे नहीं टाँग दी रथ ?

अम्मा : हाँ, सो तो है। तुम रथ टाँग दी हो न ?

(भागदेई झेंप जाती है।)

अम्मा : एक दिन तुम्हारा दूल्हा रथ पर आएगा। बारात लेकर। तुम्हें अपनी दुल्हन बनाएगा। रथ पर बिठाएगा। सखियाँ-सहेली अपनी गीतों में तुम्हें आशीषेंगी। बड़े-बूढ़े आशीषेंगे अपनी प्यारी धिया को...कागज के रथ को जब भी हम देखेंगे कहीं किसी पेड़ पर, किसी थान पर कि आ जाएगा तुम्हारा ख्याल...भूल जाएगा कुछ पल के लिए अपना दुख।

भागदेई : अम्मा हम भगवान से मनाइत हैं कि आप ऐसी अम्मा सबको मिलें।

अम्मा : अच्छा, हुआ, हुआ...रात बहुत हो गई। अब चलो। सुबह जल्दी उठना भी है।

(हाथ में लालटेन लेकर अम्मा जाती हैं। पीछे से भागदेई। धीरे-धीरे रोशनी विलुप्त हो जाती है।)

दृश्य : 6

(रोशनी आती है। ताना एक आदमी के साथ कहीं जा रहा है। ताना के हाथ में ब्रीफकेस है और डाकिया की पीठ पर होल्डाल। चलते-चलते एक जगह सुस्ताने के लिए रुकते हैं दोनों।)

ताना : हाँ, तो क्या कह रहा था...?

डाकिया : नारंगी के छिलकेवाली बात...

ताना : हाँ, नारंगी का छिलका खाट के नीचे पड़ा देख पल्ला परेशान हो गया। मुझसे बिना कुछ पूछे वह गया वैद्यजी को बुला लाया। वैद्यजी आए। उन्होंने मेरी नाड़ी अपने हाथ में ली। पूछने लगे—क्या हुआ ? मैं हक्का-बक्का। कहा—कुछ तो नहीं, किसने कहा कि मेरी तबीयत खराब है ? वैद्यजी ने कहा—पल्ला...पल्ला कड़क आवाज में बोला—हाँ कोनो गलत है। देखो वह नारंगी का छिलका पड़ा है। अब आपै कहौ वैद्यजी नारंगी के खात है ? जिसको तपेदिक होत है, वहीं न... !

डाकिया : क्या बात है...

ताना : यही है आम आदमी जो आज भी नारंगी के छिलके को देखकर बीमारी का अन्दाज लगाता है।

डाकिया : पल्ला को मालूम है कि तुम हमेशा के लिए यहाँ से जा रहे हो ?

ताना : हाँ, उसे, रामफल और गाँव के तमाम लोगों को मालूम है। मैंने कहा कि तबादला हो गया है। ज्वाइन करना है। नौकरी की बात है, जाना ही पड़ेगा। छुट्टी में आऊँगा...

डाकिया : तुमने झूठ क्यों कहा ?

ताना : तो क्या कहता कि मैं नौकरी छोड़कर जा रहा हूँ। यह कहना जितना आसान है, उसके आगे जो उन लोगों के सवाल होते, उसका जवाब देना उतना ही कठिन हो जाता। फिर हमें वह सब बताना पड़ता, जो हमारी रणनीति के विरुद्ध है।

डाकिया : जब कभी उन लोगों को सच मालूम होगा तो तुम्हारे बारे में उनकी क्या धारणा बनेगी, कभी इसके बारे में सोचा है ?

ताना : ये भावुकता भरी बातें हैं। इन बातों में जो बहा, उसका हश्र क्या हुआ, क्या यह तुमसे छुपा है ! हमने कई साथियों को गवाँ दिया है दोस्त...

डाकिया : और गवाँ रहे हैं....

ताना : मुरली का क्या हुआ...प्रेमा से बरसों बाद जब वह मिला तो प्रेमा साथ रहने के लिए जोर देने लगी। मुरली भावुकता में आ गया। उसने अपना नकली पैर खोलकर अलग रखते हुए

कहा—देखो इसी वजह से तुम्हें अपने साथ...वाक्य पूरा भी न कर सका कि लाइट चली गई और बाहर से शुरू हो गई फायरिंग। मुरली भाग न सका। अँधेरे में पैर ढूँढ़ता रहा कि गोली उसके सीने के पार हो गई...

डाकिया : हम लड़ाई के मोर्चे पर हैं। हमेशा एलर्ट रहने की जरूरत है।

ताना : अपने लोगों से भी...। पता नहीं अपने लोगों में कौन आदमी कब रास्ते से भटक जाए...

डाकिया : हम कहाँ जा रहे हैं, किधर जा रहे हैं, सोचना चाहिए। गम्भीरतापूर्वक।

ताना : स्थिति अच्छी नहीं है...इतनी बात तो समझ में आ रही है...हम सुविधाभोगी होते जा रहे हैं...

डाकिया : और समझौतावादी भी।

ताना : मुझे ऐसा नहीं होना है।

डाकिया : लड़ना तो अपनों से भी पड़ेगा।

ताना : हमने मोर्चा खोल दिया है...

डाकिया : मुझे तो डर लग रहा है...

ताना : डर कि मोह ?

डाकिया : कह नहीं सकता।

ताना : मोह ठीक नहीं है...

डाकिया : तुम्हें किसी का मोह नहीं लगता ?

ताना : नहीं।

डाकिया : किसी का नहीं ?

ताना : किसी का नहीं।

डाकिया : तुम छुपाते हो। जो भी हो लेकिन मुझे तुम्हारा मोह लगता है ताना।

ताना : क्यों ?

डाकिया : यह तो मैं नहीं जानता।

ताना : अच्छा है। नहीं जानना बड़े काम की चीज। उसी से जिज्ञासा का जन्म होता है। और जिज्ञासा है तो कौतूहल है। जिन्दगी के लिए कौतूहल का रहना आवश्यक है।

डाकिया : तुममें हमारी जिज्ञासा बराबर बनी रहेगी। तुम क्या कुछ नया

कर रहे हो ? अमुक समस्या को कैसे निबटा रहे हो, किस तरह से प्रतिकार कर रहे हो...

ताना : प्यार को भी लक्ष्य करते हो ?

डाकिया : जो तुम्हारे प्यार के बाहर हो यह तो वही बता सकता है।

ताना : प्यार आदमी को जब कमजोर बनाने लगे तो सावधान हो जाना चाहिए। तकलीफ होगी। बर्दाश्त करना होगा।

डाकिया : मैं समझ सकता हूँ। मुझे खुशी है कि तुमने अपना अलग ग्रुप बना लिया। तुम्हारे साथ जो लोग हैं, ठोस हैं। वैचारिक दृष्टिकोण से लैस। बिलकुल जगीनी लोग। तुम मना कर रहे हो वरना मैं भी तुम्हारे साथ चलता।

ताना : नौकरी छोड़कर ?

डाकिया : और क्या !

ताना : नहीं, तुम्हारे पास दूसरी जिम्मेदारियाँ भी हैं। उसको निभाते हुए संगठन के लिए बहुत कुछ कर सकते हो। तुम लिख सकते हो, लिखो। जनता की जबान में। सहज और सरल ढंग से अपने अनुभवों को लिखो। बिना किसी लाग-लपेट के। आलोचकों की परवाह किए बगैर लिखो...

डाकिया : चाहता हूँ लिखना...लिखना शुरू भी किया था...तीन-चार पेज मुश्किल से लिखना हुआ, उसके बाद...

ताना : उसके बाद क्या ?

डाकिया : अपने ही लोग बेनकाब होने लगे...शब्दों में सभी तो फँसते जा रहे थे। कहीं-कहीं तो पिता भी।

ताना : और तुम डर गए।

डाकिया : डरा नहीं, बल्कि दया आ गई।

ताना : उस पर दया जो शोषण कर रहा है दूसरों का ? यह गलत है। तुम भूल कर रहे हो। शब्द तुम्हारा साथ देने को आतुर हैं और एक तुम हो कि झूठे लिहाज में पड़े हो !

डाकिया : मैं लिखूँगा। उन चिट्ठियों के बारे में लिखूँगा, जो आज तक लिखी नहीं गईं।

ताना : अपने गंतव्य तक पहुँचीं ही नहीं ?

डाकिया : दोनों कह सकते हैं।

ताना : खैर जो हो, बस तुम लिखो, अपनी आप बीती ही लिखो।

सच-सच लिखो। उसी की छाया में इधर-उधर की तमाम बातें आ जाएँगी। तुम देखोगे एक दिन कि तुम्हारा लेखन कितने काम का है। अच्छा अब हमारे बस का वक्त हो गया। तुम जाओ। देर हो जाएगी तुम्हें। अपना ख्याल रखना।

(डाकिया से ताना हाथ मिलाता है और आगे बढ़ जाता है। डाकिया उसे जाते हुए देखता है। नेपथ्य से पनचक्की की पुक-पुक सुनाई पड़ती है, धीरे-धीरे रोशनी विलुप्त हो जाती है।)

अध्याय : 3

दृश्य : 1

(रोशनी आती है। भूदानी भाई के आश्रम-सभागार में मीटिंग की तैयारी चल रही है। रामफल, पल्ला, मीठू जाजिम, तोशक आदि बिछा रहे हैं। दूसरे कार्यकर्ता भी इसी तरह के काम में व्यस्त हैं। नेपथ्य में संगीत उठता है।)

यही भारत देसवा में गांधी महात्मा भइले
सत्य, अहिंसा, व्रत ठानी
सीताराम के भजो
बिना हथियार के भगाय देहलन गोरवन के
और रहिया देखवलें निरबानी
सीताराम के भजो...
यही भारत देसवा में...

(भूदानी भाई सभागार में आते हैं। गायन थम जाता है)

भूदानी भाई : *(कार्यकर्ताओं से मुखातिब होकर)* जल्दी-जल्दी काम निपटाकर जलपान वगैरह कर लो फिर तैयार होकर मीटिंग में बैठना है। दिल्ली से ईश्वर भाई और सुयेटा बहिन पधार चुके हैं। कुछ देर में वे लोग तैयार होकर सभा स्थल पर आ जाएँगे।

(मीठू हाथ में चरखा लिए आता है)

मीठू : चरखा कहाँ रखाएगा ?

भूदानी भाई : मेज पर जहाँ गांधीजी का फोटो है।

(भूदानी भाई चले जाते हैं)

पल्ला : और का। बुझना चाहिए न कि गान्ही महात्मा जब हैं तो चरखा चलावेंगे।

रामफल : बुड़बक कहीं का। फोटो में हैं और चरखा चलाएँगे !

मीठू : कोनो जरूरी है कि सब समय चरखा चलइहैं ?

(पल्ला मीठू के हाथ से चरखा छीनकर मेज पर रख देता है। और चरखे को सूत की माला पहना देता है।)

रामफल : अब न बना, तो अब बना। पहिरावें के महातमाजी के और पहिरा दिया चरखा कै !

पल्ला : सूत का माला है। यहीं से उतार के ईश्वर भाई गान्ही जी को माला पहिराएँगे। यही से कहें कि आश्रम के काम-काज में रहो। भूदानी भाई की संगत में रहो। लेकिन तोहरा दीदा संस्था में लगे तब तो ! चौबीसों घंटा डिल्ली, लखनऊ की बतकही...

रामफल : डिल्ली गए नहीं है का ? गोड़ के नीचे है डिल्ली।

पल्ला : देखो मीटिंग में बकर-बकर मत करना। बाहर के लोग आए भए हैं। इज्जत की बात है।

रामफल : तो मुँह सीकर रहें, यही न !

पल्ला : तुम तो बात की खाल बार करत हो। कहे का मतलब है कि जवन पूछा जाए, उतने भर बोलो और जो बात भूदानी भाई कहें, उस पर अमल करो।

मीठू : हाँ भाई कोनो ऐसा काम न हो कि गाँव की बदनामी हो।

रामफल : निशा खातिर रहा।

(एक कार्यकर्ता गुलदस्ता लेकर आता है। पल्ला को थमा देता है। पल्ला उसे मेज पर रखता है।)

कार्यकर्ता 1 : मान लो तुम लोगों से चर्चा हो संस्था का काम के बारे में तो यह बताना मत भूलना कि संस्था द्वारा विकलांग प्रशिक्षण, रात्रि पाठशाला, शिशु रंजन, चरखा विद्यालय, कृषि विकास जैसे कितने कार्यक्रम चलाए जा रहे हैं। गरीब किसानों को बीज, खाद भी दिया जा रहा है। भूदानी भाई के बारे में क्या बताना है। उनको तो लोग आधुनिक गांधी कहते हैं। उन्हें क्या कहते हैं पल्ला ?

पल्ला : गान्ही। महात्मा।

कार्यकर्ता 2 : आधुनिक गांधी, हाँ, बँधुआ मजदूरों की मुक्ति और आदिवासी क्षेत्र से सूदखोरी समाप्त करने की दिशा में संस्था ने बड़ा काम किया है।

रामफल : बूझ गए। मगर इतना कहाएगा कैसे। बोले में लटपटा जाएगी जीभ।

कार्यकर्ता : पल्ला तुम कह पाओगे न ?

पल्ला : काहे नहीं। जब बात बनाके कहना है, कहा जाएगा।

(कार्यकर्ता चला जाता है)

मीठू : बोल के दिखा।

रामफल : कारकरता सब झूठ बोलत हैं। सब रोग का उपचार गिना गवा। रोग जस का तस।

पल्ला : तुम डागडर हो कि सब रोग तुम्हें बुझा जाएगा ?

मीठू : हमको नहीं बुझाएगा लेकिन का रामफल को भी नहीं बुझाएगा ? ऐसा हम नहीं मान सकित। वह आदमी चलता-पुर्जा है।

पल्ला : सरकार राय लेत है भूदानी भाई से।

मीठू : लेत होई।

रामफल : देखो हर बात में लुलुआओ मत। हमें कोई लोभी-लबार नहीं हैं।

पल्ला : तो लोभ किसको है ?

रामफल : तुमको। रथ और मउर का ठेका तुम्हें मिलेगा। नोट तुम चीरोगे और लोभ हमें रहेगा !

पल्ला : मौका मिल जाएगा तुम्हें तो क्या चूकोगे।

मीठू : सत्य हरिचन्द का नाती हो—का !

रामफल : चुप। तेरे बारे में भूदानी भाई का बोलते हैं, जानता है ?

मीठू : का बोले हैं ?

रामफल : मिठुआ लुबलुबहा है।

मीठू : झूठा कहीं का। सब बात छोड़। जो आदमी जो किया है, उसको नहीं भूलना चाहिए। भागदेई का विवाह कौन ठीक कराया ? भूदान भाई न ? इसमें कोनो शक है का ?

रामफल : ठीक है, ठीक है।

पल्ला : राम, राम करके मीटिंग, फीटिंग निपट जाए यही मनाओ। आज के आठवें रोज भागदेई का बियाह है। भागदेई का बियाह भवा कि फिर देखना कि हम का करित हैं...का ? जहाँ तक मउर और रथवाला काम का सवाल है, का हम अकेले करब। अरे तुम सबको साथ रहे का है। मिलजुलकर कमाएँगे, बाँट-चूटकर खाएँगे।

रामफल : बैंडमास्टर के बारे में तू बता रहा था एक बार...

पल्ला : खबर भेजवा दिया है। शादी के दिन पहुँच जावेगा। दोस्त आदमी है।

मीठू : रामफल तू बैंड पर नाचेगा तो ?

पल्ला : अब यही नहीं नाचेगा ! पहले नटुआ नाच में जो था।

रामफल : चुप साला।

(धीरे-धीरे रोशनी विलुप्त हो जाती है।)

दृश्य : 2

(रोशनी आती है। आश्रम का सभागार उभरता है। आठ-दस जन बैठे हुए हैं। विशिष्ट जन अलग और थोड़ा ऊँचे स्थान पर आसीन हैं। ताली बजती है। भूदानी भाई खड़ा होते हैं।)

भूदानी भाई : ईश्वर भाई, सिस्टर सुयेटा बहिन, माधुरी बहिन ने संस्था द्वारा किए कार्यों, भविष्य की योजनाओं एवं गांधी-विचार को विद्वतापूर्ण ढंग से आपके सामने रखा। अब कहने को कुछ अधिक बचता नहीं। हम तो सिर्फ इतना कहेंगे कि बचाना है तो बचा लीजिए। सहिष्णुता मारी जा रही है। अगर समाज से सहिष्णुता मर गई तो अराजकता आ जाएगी। सहिष्णुता बापू का मूल स्तम्भ है। अगर यह ढह गया तो सब तहस-नहस हो जाएगा। दरिद्रनारायण की सेवा ही असली जन-सेवा है। हम अपनी बात को यहीं विराम देते हैं। अब धन्यवाद के दो शब्द रमापति भाई के मुखारविन्द से सुनें। रमापति भाई आएँ। अच्छा जय जगत्, जय भारत।

(तालियाँ बजती हैं, भूदानी भाई बैठते हैं। रमापति भाई खड़ा होते हैं।)

रमापति भाई : आज की मीटिंग कुष्ठ निवारण पर केन्द्रित थी। ईश्वर भाई ने गहन रूप से इस पर प्रकाश डाला। सुयेटा बहिन और माधुरी बहिन ने अपने अनुभवों से हमें सींचा। भूदानी भाई ने हमें उन बातों से अवगत कराया जो समाज के लिए खतरा हैं। भूदानी भाई हमारे पथ-प्रदर्शक हैं। आज जितने भी एनजीओ हमारे राज्य में जन-सेवा में लगे हुए हैं, सभी को भूदानी भाई के निर्देश की जरूरत पड़ती है। अब भूदानी भाई की प्रशंसा करना सूरज को दीया दिखाना है। सभी विद्वान वक्ताओं को धन्यवाद। कार्यकर्ताओं को भी धन्यवाद। हाँ, एक विशेष सूचना। कुष्ठ-निवारण अभियान के तहत गाँव भ्रमण के लिए दो ग्रुप तैयार हुए हैं। सिस्टर सुयेटा के ग्रुप में पल्ला, रामफल और मीठू हैं। भूदानी भाई के ग्रुप में माधुरी बहिन, पवित्तर भाई, कलानंद भाई और सनिमुरत भाई। ईश्वर भाई की तबीयत नाशाद है। वे आश्रम में विश्राम करेंगे। किन-किन गाँवों में जाना है किस ग्रुप को उसकी लिस्ट ग्रुप नायक को अभी दे दी जाएगी। सिस्टर सुयेटा का ग्रुप यहीं बैठा रहेगा। बाकी दूसरे ग्रुप के लोग भूदानी भाई के कक्ष में चले जाएँ। विचार-विमर्श उपरान्त दोनों ग्रुप के लोग

अल्पाहार लेकर प्रस्थान कर जाएँगे। धन्यवाद।

(तालियाँ बजती हैं। सिस्टर सुयेटा के ग्रुप को छोड़कर बाकी लोग प्रस्थान कर जाते हैं।)

पल्ला : एक कुष्ठ रोगी पर एक सौ पचास रुपए और ग्राम-भ्रमण का पचास। यही न ?

सिस्टर सुयेटा : हाँ, यही सम्मान राशि संस्था ने तय किया है।

रामफल : नकद दीजिएगा न !

सिस्टर सुयेटा : बिलकुल।

मीठू : एक बात पूछें...इतनी दूर से आए भए हैं आप लोग, इतना रुपया खर्च कर रहे हैं। का भाई, गाँव-गाँव का धूल फाँककर कोढ़ी का पता करेंगे। हम पूछते हैं कि इसमें आपको लाभ ?

सिस्टर सुयेटा : लाभ नहीं मीठू भाई, हम तो सेवा के लिए आए हैं। सेवा में लाभ नहीं देखा जाता है।

मीठू : कुछ तो होगा ही !

सिस्टर सुयेटा : ऐसा नहीं है।

रामफल : होगा कि नहीं होगा तुमसे का मतलब। बहिन जी काहें बता दें तुझे ! लाट-गर्वनर हो का ?

पल्ला : ठीक बात। अपने काम-से-काम रखो।

रामफल : कानूनचीं बनता है। बकर...बकर...

मीठू : तो बहिनजी से का बतियावें ?

सिस्टर सुयेटा : ठीक है मीठू भाई, ठीक है। जो शंका मन में उठे निश्चय ही उसे पूछिए।

मीठू : पैदल चल पाइएगा ?

सिस्टर सुयेटा : क्यों नहीं। हम पैदल चलते हैं। रोज मार्निंग वॉक करते हैं। और श्रमदान भी।

मीठू : आँगन में टहरब, राह में चलब दुई बात है। पैदल चले के पड़ी तो चोकर छूट जाई...

रामफल : *(डाँटते हुए)* जब बोलने का लूर नहीं तो काहे बोलता है ?

पल्ला : अगर लूर होता तो बैंक की नौकरी से निकास दिया जाता !

रामफल : बैंक नहीं चिटफंड कम्पनी कहो।

पल्ला : हाँ, वही, समझो। बच गया नहीं तो खूब पड़ गया था

पटनहिया के फेरे मा।

रामफल : हीरो होंडा, कभी जीप से गाँव आता था। लगता था कहाँ का धन्नासेठ आ गया।

पल्ला : रुपया डबल करता था।

सिस्टर सुयेटा : यह रुपया डबल क्या होता है ?

रामफल : आप नहीं बूझिएगा। आपसी बात है।

मीठू : बहिन जी पैखाना पर भी काम कर रही है न !

रामफल : *(डाँटता है)* चौप।

सिस्टर सुयेटा : क्यों डाँट रहे हो ? मीठू भाई ने सही सवाल किया है । यह बापू का सवाल है। हम लोग इस पर भी काम कर रहे हैं। सिर पर मैला फेंकने की प्रथा को हम लोग जड़ से खत्म करने में लगे हुए हैं। बहुत हद तक सफल भी हुए हैं। गाँव-गाँव में बहिनों के लिए शौचालय बनाने की दिशा में हम अग्रसर हैं। मैं समझती हूँ कि मीठू भाई जैसे साथियों के ही सवालों की बदौलत इस अभियान को बल मिला है।

पल्ला : कोनो अइसा काम है जो संस्था नहीं करती ?

मीठू : जनसेवा का मतलब का है ?

रामफल : बिना सेवा के मेवा कहाँ ?

पल्ला : अब इसमें मेवा की बात कहाँ से आवा ?

मीठू : बात की चलन है।

सिस्टर सुयेटा : अच्छा चलो अल्पाहार हम लोग कर लें, फिर करें प्रस्थान।

(सभी उठते हैं। धीरे-धीरे रोशनी विलुप्त हो जाती है।)

दृश्य : 3

(सिस्टर सुयेटा, रामफल, मीठू और पल्ला गाँव की पगडंडियों पर जाते हुए दिख रहे हैं। खेत-बधार में काम करनेवाली औरतें खड़ी होकर सिस्टर सुयेटा को निहारती हैं।)

रामफल : कैसा सब उचक-उचककर देख रही है। देहाती-भुच्चड़ कहीं की...

मीठू : लगता है कभी मेम देखा ही नहीं। कइसा दीदा फाड़कर देख रही है।

पल्ला : ललचाई निगाह से देखने पर नज़र लग जाती है। इसलिए मछली भी हम लोग पकाते समय लुक्का से दाग देते हैं जिससे कि नजर उतर जाए।

सिस्टर सुयेटा : क्या हमको भी दागोगे ?

पल्ला : *(सकुचाते हुए)* क्या कहती हैं !

(सिस्टर सुयेटा सिगरेट जलाती हैं फिर सिगरेट का पैकेट रामफल की ओर बढ़ाती है मगर रामफल मना कर देता है।)

सिस्टर सुयेटा : और तुम मीठू ? पल्ला तो पीता ही नहीं होगा।

पल्ला : पिछले साल एक सर्कसवाला इसे एक फूँक पिला दिया था। ढचर-ढचर खाँसने लगा। सिगरेट पढ़े-लिखे को ही सोभता है।

मीठू : ऐसा क्या ? सिगरेट पकड़ने का लूर चाहिए।

रामफल : तुझे लूर है ?

पल्ला : सिगरेट पकड़ने का हमें लूर भले न हो मगर कुदाल पकड़ने का तो है।

सिस्टर सुयेटा : वेरी गुड, वेरी गुड, अब थक गए। थोड़ा सुस्ताकर चलते हैं।

(बैठ जाते हैं सब एक पेड़ की छाया में।)

रामफल : पैदल चलने की आपको आदत नहीं है। एक धाप चलती हैं कि थक जाती हैं।

मीठू : तो सुस्ताएँगी नहीं ?

पल्ला : शहरी जनाना हैं। सुकुमार, वेदाना। सिनेमा देखनेवाली, कचहरी में घूमनेवाली, ऊँची गद्दी पर सोनेवाली परी। पैदल चलने की आदत कहाँ से होगी ?

रामफल : हमारे यहाँ की जनाना पूरा राक्षसनी है। दस कोस पैदल नइहर से चलकर आती है और खाना बनाने बैठ जाती है। मजूरा है सब। हम लोग उसी मजूरा के ही धीया-पूता हैं बहिन जी। गोड़-मूड़ जल्दी नहीं पिराता।

सिस्टर सुयेटा : जो तुम लोग सोच रहे मेरे बारे में, वैसी मैं नहीं हूँ। सामान्य घर की हूँ। निम्न मध्यम वर्ग की लड़की।

मीठू : अपने मुँह से कोई कहेगा कि हम बड़का हैं।

रामफल : आपका तो गोड़ पिरा रहा होगा ? बान नहीं है न !

पल्ला : आप मरद होतीं तो कन्धे पर बिठा लेता।

सिस्टर सुयेटा : सो सुइट...

(खिलखिलाकर सिस्टर सुयेटा हँसती हैं।)

पल्ला : बहिन जी गाड़ी है आपके पास ?

सिस्टर सुयेटा : हमारे पास नहीं संस्था के पास है।

रामफल : संस्था के पास है ?

सिस्टर सुयेटा : इसमें चौंकने की कौन-सी बात है। दो जीप, एक मिनी बस, दो कार और तीन ट्रक, चार ट्रेक्टर हैं। मोटर साइकिल भी है चार-पाँच।

मीठू : गाय-गोरू ?

सिस्टर सुयेटा : डेरी फार्म है। फ्रीजियन लगभग दो सौ गाएँ होंगी। एक गाय दस लीटर से ऊपर दूध देती है। मुर्गी पालन, सुअर पालन, बकरी पालन भी है। अस्सी एकड़ जमीन है संस्था के पास। खेती होती है। चरखा-विद्यालय, खादी-भंडार, मातृ-सेवा सदन, कुष्ठ-अस्पताल, विकलांग-निकेतन क्या नहीं है...

रामफल : काम करनेवाले लोग भी कम नहीं होंगे न ?

सिस्टर सुयेटा : कार्यकर्ता न कम हैं, न अधिक। बस काम भर हैं।

पल्ला : कार्यकर्ता लोगों की नौकरी तो पक्की होगी ?

सिस्टर सुयेटा : नौकरी नहीं, सेवा कहो। तनख्वाह नहीं, मानदेय मिलता है। कोई परमानेन्ट नहीं है। लेकिन जो एक बार संस्था से जुड़ता है फिर वह कहीं जाता नहीं। जाना नहीं चाहता।

रामफल : माने पेट पर कार्यकर्ता सब खट रहा है। पगार बोलकर कुछो नहीं है।

सिस्टर सुयेटा : जीवन-निर्वाह भत्ता मिलता है।

मीठू : साबुन, तेल भर मिल ही जाता होगा।

पल्ला : और भोजन ?

सिस्टर सुयेटा : कार्यकर्ता को भोजन की कमी थोड़ो होती है। जिस गाँव में

गए, वहीं भोजन मिल गया। और अगर संस्था में खाएँगे तो शुल्क लगेगा ही।

मीठू : कहने का मतलब है कि मूड़ दिया माँगो खाओ।

सिस्टर सुयेटा : क्या मतलब ?

रामफल : आपसी बात है। आप नहीं बूझिएगा।

पल्ला : चुप। संस्था में इतना लाव-लश्कर अइसहिं है का ? संस्था है कि मजाक ?

सिस्टर सुयेटा : मूल है संस्था। व्यक्ति तो आएँगे, जाएँगे।

पल्ला : संस्था सरकारी है न बहिन जी ?

सिस्टर सुयेटा : सरकारी रजिस्टर्ड है और एफ.सी.आर.ए. भी हुआ है।

मीठू : बूझा कुछ ?

पल्ला : बहिन जी हम बउक हैं कि जो बुझाएगा नहीं ? धीरे-धीरे बुझाएगा। वैसे बहिन जी ने कहा कि सियारो हुआ है।

मीठू : का बोले हो पल्ला भाय, सियार !

सिस्टर सुयेटा : हँसो मत। देखो सियार नहीं, एफ.सी.आर.ए. का मतलब एक तरह का प्रमाण-पत्र जिसके आधार पर विदेशी फंड हमें मिल सकता है। हम इस योग्य हैं। इसका प्रमाण-पत्र है जिसे एफ.सी.आर.ए. कहते हैं। फॉरन कन्ट्रीब्यूशन। अमेरिका, जापान जर्मनी, फ्रांस, ब्रिटेन जैसे देशों से मिलता है फंड।

पल्ला : आप कभी गई हैं ऊ सब मुलुक में।

सिस्टर सुयेटा : एक दो बार जापान और अमेरिका। ईश्वर भाई तो पचासों बार गए हैं। उनका तो एक पैर विदेश में ही रहता है।

रामफल : ईश्वर भाई बड़े ओहदे पर होंगे न ?

सिस्टर सुयेटा : संस्था के सेक्रेटरी हैं। पॉवरफुल मैन। बिना उनकी राय के पत्ता भी नहीं हिलता।

पल्ला : उन्हें देखे से लागत है कि रोआँ-रोआँ में दिमाग भरा है।

सिस्टर सुयेटा : दिमागी आदमी हैं। बहुत जानकार।

रामफल : इतना बड़ा जहाज चला रहे हैं बिना दिमागे के ?

मीठू : जेकरे टेंट में रुपया उसी का नाम भेंड़ा ! टेंट में रुपया रहे से दिमाग किसी को भी आय जात है।

पल्ला : चुप।

रामफल : अच्छा बहिनजी ईश्वर भाई को कितना मिलता होगा ?

सिस्टर सुयेटा : तनख्वाह बोलकर कुछ नहीं। मानदेय लेते हैं एक रुपया महीना।

पल्ला : सतजुगी पुरुष हैं, ऐसे ही लोगों से धरती टिकी हुई है। आँख में जोत है आरतीवाला।

सिस्टर सुयेटा : संस्था के काम से जाते हैं। बाहर तो खर्चा संस्था वहन करती है। संस्था का इतना काम करते हैं तो संस्था उनके भोजन, वस्त्र आदि की व्यवस्था करती है। उनको एक पी.ए. भी एप्रूव्ड है। दौड़-धूप के लिए कार है। बस और कुछ नहीं।

रामफल : देवता हैं। हम उन्हें ईश्वर भाई नहीं भगवान कहेंगे।

पल्ला : और भूदानी भाई को ?

रामफल : जो ताना उन्हें कहत रहा।

पल्ला : ताना भूदानी भाई से चिढ़त रहा। उन्हें तकली कहत रहा।

सिस्टर सुयेटा : ताना कौन है ?

पल्ला : संघरिया बूझती हैं ?

रामफल : समझिए हाथ-गोड़।

मीठू : गर्म मुंड का था वह।

रामफल : वह कोनों-कोनों सही बात पर बिगड़ता था।

पल्ला : कहत रहा कि राजा का नहीं मजूर का इतिहास है।

मीठू : बतावत रहा कि जो आदमी पहली बार ढेला फेंका, वही तो आदमी को जानवर से अलग किया। इसका मतलब का हुआ बहिन जी ?

सिस्टर सुयेटा : बड़ी बात है। आदमी के विकास की बात है। तुम लोगों से यह सब बात परे की है !

पल्ला : हम लोगों के कन्धे पर हाथ धर के अइसहिं बात करता रहता था।

रामफल : लेकिन बड़े-बड़े लोगों का ताब नहीं था कि आँख मिलाके उससे बात करे। थानेदार की मूड़ी पर भरे बाजार में पिस्तौल सटा दिया। फिर अंगरेजी में बोलना शुरू किया। समझो कि उनके पइन्टे में पेसाब उतरि गवा...

मीठू : हम सबके बहुत बात समझावत रहा लेकिन साला हम लोग...!

पल्ला : ऊ का कहत हैं घर की मुर्गी दाल बराबर।

रामफल : छोड़ यह सब...डाकिया है न !

सिस्टर सुयेटा : डाकिया !

मीठू : चिट्ठीरसा। चिट्ठीरसा बूझती हैं न !

पल्ला : हाँ, तो बहिनजी गान्हीजी को लोग महात्मा कहत रहे...

सिस्टर सुयेटा : श्रद्धा से लोग अपने नायकों को अलग-अलग नामों से पुकारते हैं। गांधीजी को लोग महात्मा कहकर पुकारते थे।

रामफल : महात्मा उन्हें फबता था...

मीठू : ईश्वर भाई को भगवान कहना क्या फबेगा ?

पल्ला : जो इच्छा है बोल न, कौन मना कर रहा है।

मीठू : अच्छा बहिन जी ईश्वर भाई का बियाह-गौन हुआ है ?

पल्ला : तू विवाह करेगा क्या ? खसरा-खतियान लेकर बैठा है।

सिस्टर सुयेटा : विवाह हुआ है कि नहीं, इसके बारे में कोई नहीं जानता। फालतू बात करना वे पसन्द नहीं करते। रात-दिन संस्था की चिन्ता उन्हें रहती है।

रामफल : संस्था की चिन्ता वो करत हैं तो संस्था उनकी चिन्ता करत है।

पल्ला : ताली दोनों हाथ से बजती है।

मीठू : अब चला जाए बहिन जी बस अगला गाँव दिखाई पड़ रहा है। उसी गाँव में चलना है।

(दृश्य लोप)

दृश्य : 4

(रोशनी आती है। पेड़ के साया में पल्ला और रामफल बैठे बात कर रहे हैं। पल्ला चिन्तामग्न है।)

पल्ला : तीन-चार गाँव घूम लिया। एक भी कुष्ठ रोगी नहीं मिला...

रामफल : कुष्ठ रोगी नहीं तो पैसा नहीं।

पल्ला : सोचता था कि कम-से-कम एक कुष्ठ रोगी मिल जाएगा तो रुपया मिल जाएगा। उस रुपए से एक साड़ी-साया भागदेई को दे देंगे। जीवन भर तो उतरन पहनती रही। हमारा बस एक ही सपना है कि अपनी कमाई से उसे एक साड़ी पहिना

दें। आज तक एक सूत नहीं दिया है। लगता है कि...

रामफल : तुम तो बता रहा था पाला गाँव के चिथरू मिसिर कोढ़ी हैं।

पल्ला : तुम्हारे सामने उनका लड़का बोला कि नहीं, कि तीन साल पहले उनका स्वर्गवास हो गया।

रामफल : तो अब क्या करेगा ?

पल्ला : दिमाग लड़ाते हैं। कोई-न-कोई रास्ता निकलेगा ही।

रामफल : अब तक रास्ता नहीं निकला, अब निकलने से रहा। हमारे मेहरारू के पास साड़ी-साया है। एक-दो बार पहनी है। नया ही समझो।

पल्ला : बियाह में भी उतरन ही पहनेगी ! न, न, ऐसा नहीं होगा।

रामफल : फिर ?

पल्ला : देखते हैं। किससे उधार लें ? जिससे लिया, उसका तो दे नहीं पाया। अब हिम्मत नहीं होत है कि किसी से कुछ कहें।

रामफल : ताना से भी नहीं !

पल्ला : ताना होता तो इतनी काहे की चिन्ता।

रामफल : बहिन जी कितना देर कर रही हैं। मिठुआ साला पूरा गप्प मार रहा होगा।

पल्ला : जाकर देख न चमरटोली में। औरतों का गीत सुन रही थी...

रामफल : आएँगी ही अब...

पल्ला : हम ही जाकर देखें का ?

(सिस्टर सुयेटा और मीठू इतने में आ जाते हैं। और आकर रामफल, पल्ला के पास बैठ जाते हैं।)

सिस्टर सुयेटा : बहुत मजा आया। औरतों ने विवाह का गीत सुनाया। एक-से-एक। मेरी आँखें भर आईं।

मीठू : पत्थर का कलेजा भी पसीज जाए...बियाह का गीत है न...

पल्ला : कतना हलकान होना पड़ा आपको। एक कुष्ठ रोगी नहीं मिला।

सिस्टर सुयेटा : तुम्हीं ने तो गाँवों का नाम लिखाया था...

पल्ला : सो तो है। क्या कीजिएगा समय-समय की बात है।

सिस्टर सुयेटा : हमारे लिए तो अच्छा ही है कुष्ठ-मुक्त क्षेत्र घोषित करने में हमें आसानी ही होगी।

मीठू : आपके बोतल का पानी खत्म हो गया। भर लावें चापाकल से ?

सिस्टर सुयेटा : नहीं हम यह पानी नहीं पीते हैं।

मीठू : तब कौन पानी पीती हैं ?

सिस्टर सुयेटा : मिनरल वाटर।

रामफल : ई का होत है ?

पल्ला : अब सब तुझे ही बुझा जाएगा ! अरे जैसे हमार माई अपने कुआँ का पानी पीयत रही दूसरा पानी नहीं। वइसहिं उहो कोनो इनारा, पोखरा का पानी होगा।

मीठू : रामफल को अइसहिं हम बोलते हैं कि अकिल से पैदल है।

रामफल : वाह रे अकिलमन्द।

सिस्टर सुयेटा : तुम लोग बात-बात पर लड़ते हो...

पल्ला : हम सबका यही सिंगार हैं बहिन जी। भितरिया लड़ाई थोड़ो है। यह तो बतकही है। लड़ाई नहीं।

सिस्टर सुयेटा : मैं समझ सकती हूँ।

मीठू : बहिन जी अपने बोतल का एक घूँट पानी हमको भी पिलाइएगा।

सिस्टर सुयेटा : *(मुस्कराते हुए)* जरूर, आश्रम पहुँचकर याद दिलाना।

रामफल : साला चटोर।

पल्ला : छोड़ न। अच्छा बहिन जी...

सिस्टर सुयेटा : बोलो न...रुक क्यों गए ? बोलो...

पल्ला : कुछ अलग से बात करे का है।

(मीठू और रामफल एक-दूसरे की आँखों में प्रश्नात्मक ढंग से देखते हैं। पल्ला और सिस्टर सुयेटा अलग जाकर बात करते हैं। पीछे से रामफल भी जाता है और छिपकर उन दोनों की बात सुनता है।)

पल्ला : बहिन जी आपसे एक बात कहे का रहा। हिम्मत नहीं पड़ रही है...

सिस्टर सुयेटा : कहो, कहो, पल्ला बिना बेफिक्र हो कहो।

पल्ला : असल में मेरी बहन खुद एक कुष्ठ रोगी है...

सिस्टर सुयेटा : तो तुमने अभी तक क्यों नहीं कहा। छिपाने और शरमाने की इसमें क्या बात है ? जानते नहीं हो कि रोग छिपाने से बढ़ता है।

पल्ला : बियाह है न उसका...इसलिए...

सिस्टर सुयेटा : अच्छा, अच्छा उसी की शादी है। हाँ, जिस लड़के से शादी हो रही है, वह पहले हमारी संस्था में काम करता था। अच्छा लड़का है।

पल्ला : हम कह रहे थे कि...असल में...रुपया दे दीजिए, जो बनता है, कृपा होगी...बात ई है कि बहिन है न...अब एक साड़ी-साया से भी गए ? बराती के खाए-पीए का इन्तजाम गाँव करत है। बस हम...

सिस्टर सुयेटा : एक कुष्ठ रोगी को देने के दो सौ रुपए और तुम्हारा पारिश्रमिक पचास। हम तो तुम्हें ढाई सौ रुपया ही दे पाएँगे।

पल्ला : उसी में हमारा काम बन जाएगा। बिनती है कि किसी से कहिएगा नहीं।

सिस्टर सुयेटा : वह तो ठीक है...फार्म भरा जाएगा, भागदेई यानी कुष्ठ रोगी का पूरा डिटेल उसमें रहेगा। फोटो रहेगा...

पल्ला : वह सब बाद में बियाह के बाद हम भूदानी भाई के पास भागदेई को ले जाकर खुद फारम भरवा देंगे। यह बात हमारे और आपके बीच में रहे। बदनामी होगी न बहिन जी। ढाई सौ की बात है। हम उसको लेकर कहीं भागेंगे नहीं। बिसावत कीजिए बहिन जी।

सिस्टर सुयेटा : लेकिन, कैसे होगा...? क्या बोलेंगे ईश्वर भाई...

पल्ला : कोनो रास्ता निकालिए...इज्जत की बात है।

(सिस्टर सुयेटा एक पल कुछ सोचती है फिर बैग से निकालकर ढाई सौ रुपए पल्ला के हाथ में रख देती है।)

सिस्टर सुयेटा : पल्ला याद रहे कि शादी के बाद भागदेई को भूदानी भाई के पास ले जाकर फार्म भरवा दोगे और फोटो भी चिपका दोगो। रहेगा न याद ? यदि ऐसा नहीं करोगे तो मैं फँस जाऊँगी।

पल्ला : निशा खातिर रहिए। लेकिन अभी भूदानी भाई को कुछ मत कहिएगा।

(सिस्टर सुयेटा जाकर अपनी जगह पर बैठ जाती है। पल्ला भी बैंठनै लगता कि रामफल इशारे से पल्ला को बुलाता है और अलग ले जाता है।)

रामफल : भागदेई को कुष्ठ है ? तू इतना बड़ा झूठ क्यों बोला रे ?

पल्ला : तो क्या करता...? था कोई उपाय...

रामफल : भागदेई का जब डागडरी जाँच होवेगा तब ? दूध-का-दूध, पानी-का-पानी हो जाएगा। तब तू कहाँ मुँह दिखाएगा ? तुझे सब झूठा और लबरा बोलेंगे। सोच ले। भूदानी भाई को कतना दुख लगेगा ?

पल्ला : देखा जाएगा। देह से खटकर रुपया अदा कर देंगे। फिर हम कहेंगे कि हमको लगा कि ई रोग है, नहीं है तो ठीक है। का कोनो डागडर हैं हम। फिर इतना झूठ कोनों झूठ नहीं है।

रामफल : मान गया तेरे पास खोपड़ा है। चल, चले हैं। डर यही है कि मउर और रथ का ठेका जो मिलनेवाला है तुझे, कहीं तेरे हाथ से निकल न जाए।

पल्ला : नहीं निकलेगा...बेफिकर रह।

(रामफल, पल्ला को आते देखकर मीठू और सिस्टर सुयेटा उठ खड़े होते हैं। और आश्रम की तरफ बढ़ जाते हैं। धीरे-धीरे रोशनी विलुप्त हो जाती है।)

दृश्य : 5

(रोशनी आती है। पल्ला के घर के सामने द्वार बना हुआ है। जिस पर शुभ-विवाह का बैनर टँगा हुआ है। विवाह की चहल-पहल है। घर के अन्दर से विवाह का गीत सुनाई पड़ता है।)

सुन्नर-सुन्नर मउर उरेहियो हो भइया मलिया
चारू चिरइया दूनों ओर
चहकन लागे चारू चिरइया
उतरि आवें दूनों मोर...

मीठू : हे, रामफल, हे रामफल...

रामफल : कुछ बोलेगा भी।

मीठू : कै ठू मालिक-मुखतार हैं। कोई कहत है गैस बत्ती भीतर रहेगा, कोई कहत है बाहर। बोल कहाँ रखाएगा ?

रामफल : हमारे कपार पर।

(मीठू बिदककर दूसरे काम में लग जाता है। काठ के घोड़े पर सवार पल्ला आता है।)

पल्ला : *(रामफल से मुखातिब)* जनवासा जहाँ रहेगा वहाँ झाड़-बुहारू हो गया। पुआल पर जाजिम बिछा दिया गया। ऊपर से दरी, गिलास, लोटा सब रख दिया गया। ठीक है न ?

रामफल : सो तो ठीक है लेकिन पूड़ी-तरकारी बनावे में हाथ लगा कि नहीं ?

पल्ला : हो रहा है। सब हो रहा है।

मीठू : *(पल्ला से मुखातिब होकर)* एक बैंडमास्टर आया है। तुझे पूछ रहा है।

पल्ला : कहाँ है ?

मीठ : बाहर खड़ा है।

(पल्ला बैंडमास्टर को लपककर छाती से लगा लेता है।)

पल्ला : तुम आ गए दोस्त...बहुत बढ़िया भवा। हम कल से तुम्हारा पैरा देख रहे थे। आओ चलो हम भागदेई से तुम्हें मिलवाय दें।

(भागदेई घर में अपनी सहेलियों से घिरी बैठी हुई है। पल्ला अन्दर जाकर बैंडमास्टर से मिलवाता है। बैंडमास्टर बिगुल फूँकता है कि काठ के घोड़े पर सवार पल्ला द्रुतगति से नाचने लगता है। लड़कियाँ हँसने लगती हैं। इसी बीच

रामफल अन्दर आता है और पल्ला को इशारे से बुलाता है। पल्ला बाहर आता है, भूदानी भाई को देखकर हुलिसत भाव से चाय-पानी के लिए पूछता है। बैठने का आसन देता है। भूदानी भाई बेरूखी से नकारात्मक जवाब देते हैं।)

पल्ला : *(हिचकिचाते हुए)* का हुआ भूदानी भाई !

भूदानी भाई : भागदेई कुष्ठ रोगी है। यह तुमने हमें पहले क्यों नहीं बताया। हमने तुम्हारे लिए क्या-क्या नहीं सोचा था...तूने सब पर पानी फेर दिया।

पल्ला : भूदानी भाई...

भूदानी भाई : जैसा किए हो...वैसा अब भोगो।

पल्ला : का भवा ?

भूदानी भाई : जिन्दा मक्खी कोई निगलेगा क्या ?

(रामफल भूदानी भाई के करीब आता है। मीठू पल्ला के पास आकर खड़ा हो जाता है।)

रामफल : गुस्सा थूक दीजिए भूदानी भाई। हम सब तो आपके पास ही बाल-बच्चा हैं न ! ई ससुरा झूठ-मूठ के...अइसहिं।

भूदानी भाई : हमसे झूठ बोला !

रामफल : न, आपसे न, बहिन जी से...

भूदानी भाई : इधर भी झूठ, उधर भी झूठ। हम झूठ के सख्त खिलाफ हैं रामफल। सब सहन कर सकते हैं लेकिन झूठ नहीं।

मीठू : *(प्रवेश करते हुए)* कौन बात झूठ ?

रामफल : तू जनवासा में जा, वहाँ का काम देख...।

(मीठू चला जाता है।)

भूदानी भाई : *(उपहास करते हुए)* जनवासा में !

रामफल : काहे ?

भूदानी भाई : तुम समझ नहीं पा रहे हो !

रामफल : का ?

भूदानी भाई : काहे का जनवासा !

पल्ला : *(चौंककर)* का ?

रामफल : का कह रहे हैं ? अनर्थ हो जाएगा...

भूदानी भाई : झूठ बोलते समय अनर्थ नहीं बुझा रहा था ! हमने शादी ठीक कराई थी। जवाबदेही हमारी बनती थी कि जाकर लड़के को वस्तुस्थिति से अवगत करा दें...सो करा दिया।

रामफल : तो आपने मना किया !

भूदानी भाई : जीवन भर मुझे कोसता कि भूदानी भाई ने हमें फँसा दिया। लड़का कोसता कि नहीं ? फिर हम समाज के सामने क्या मुँह दिखाते !

रामफल : क्या कहा कि भागदेई कोढ़िन है ?

भूदानी भाई : और क्या कहता ?

पल्ला : *(गुस्से से थरथराते हुए)* ऊ कोढ़िन है ?

(पॉज)

पल्ला : छीन लिया सुख-चैन। ले-देकर एक आबरू बची हुई थी, उसे भी नहीं रहने दिया। साला...कुएँ की मछली उसे भी बना देगा ! बाप रे...

रामफल : देख, देख, ऐसा नहीं पल्ला...जी छोटा मत कर...देखते हैं हम...हम देखते हैं रे...

(मीठू आता है—पल्ला अपने को सँभालता है।)

मीठू : का हुआ ?

पल्ला : कुछ नहीं।

मीठू : बोल न का हुआ ?

रामफल : जनवासा...

मीठू : जनवासा की चिन्ता छोड़ न। वहाँ तो मैं हूँ। सब चकाचक है। बिछौना बिछा हुआ है। लोटा, बाल्टी, पानी, मीठा सब है रखा हुआ। अरे, वो तुम्हारा बैंडमास्टर बड़ा कमाल का है रे पल्ला। वह खूब जमाए हुए है मजलिस। वह बैंड बजा रहा है कि उसकी धुन पर नाच रहे हैं लोग। झूम-झूमकर। अरे हाँ ! देवता का पूजन हो गया। औरतें आ रही हैं। एक रस्म है आशीर्वाद का। पल्ला तुझे बहिन को आशीर्वाद देने के लिए बुला रही हैं औरतें, और भूदानी भाई आप भी

चलिए। बाप दाखिल हैं आप। रामफल तू भी...चल...चल महूरत निकलता जा रहा है। अभी कुएँ का भँवर बाकी है।

(पॉज)

पल्ला ठठाकर हँसता है। हँसते-हँसते सुबक पड़ता है। पल्ला ठहाका मार हँसता है।

(भागदेई आती है। पल्ला को थामती है। बोलती है।)

भागदेई : लोक कहते हैं कि जो कुँआरी लड़की अमावस्या के दिन नीम के पेड़ पे कागज का रथ टाँग दे, तो उसकी मनोकामना पूरी होय जात है। रेशमा काहे नहीं टाँग दी रथ ?

(पॉज)

भागदेई : अम्मा कहती थी कि एक दिन तुम्हारा दुल्हा रथ पर आएगा तुम्हें दुलहन बनाएगा...

(माथे का मउर उतारते हुए)

नो लोट-पोट, एक्सपोर्ट, इम्पोर्ट, नो लोट-पोट...

(नेपथ्य से संगीत उठता है)

आग जिगर का जुगा राखो गो हयां कथा अभी है तताई...

(धीरे-धीरे रोशनी धीमी होती है और दृश्य लोप हो जाता है।)

(समाप्त)

●●●